La estación
de las mujeres

Carla Guelfenbein

La estación
de las mujeres

ALFAGUARA

Papel certificado por el Forest Stewardship Council®

Primera edición: mayo de 2019

© 2019, Carla Guelfenbein
© 2019, Penguin Random House Grupo Editorial, S. A.
Merced 280, piso 6, Santiago de Chile
© 2019, Penguin Random House Grupo Editorial, S. A. U.
Travessera de Gràcia, 47-49. 08021 Barcelona

Sobre las frases de Jenny Holzer:
© 2018, Jenny Holzer, member Artists Rights Society (ARS), New York
© Diseño: Penguin Random House Grupo Editorial, inspirado en un diseño original de Enric Satué

Printed in Spain – Impreso en España

ISBN: 978-84-204-3759-0
Depósito legal: B-7616-2019

Impreso en EGEDSA, Sabadell (Barcelona)

AL37590

Penguin
Random House
Grupo Editorial

Para mis abuelas, mi madre y mi hija

Margarita

La última vez que Jorge intentó tener sexo conmigo, le pedí que usara un condón. Uno que llevara una frase de Jenny Holzer. Eso fue hace tres semanas, antes de que finalizaran las vacaciones y sus estudiantes volvieran de sus escondrijos de verano: de los yates las rubias y de las profundidades de sus sopas de noodles las de ojos rasgados. Me miró desconcertado y luego se largó a reír. No me preguntó quién era Jenny Holzer. «No es broma», dije, «si quieres hacer el amor, tendrás que ponerte un condón. Y que sea de Jenny Holzer, por favor». Estábamos echados sobre la cama, él desnudo y yo con mi camisa de dormir hasta las canillas. Afuera se oían gritos de niños. Tal vez jugaban soccer en las calles abandonadas por los estudiantes. Jorge se levantó y desde su desnudez me miró. Su expresión era de absoluta confianza, imaginando, supongo, que su virilidad revertiría mi insurrección. Noté que las carnes de su estómago habían desaparecido. De alguna porción de su vida extrae el tiempo para ir al gimnasio. De la que me corresponde, sin lugar a dudas, porque cada vez lo veo menos. Me di la vuelta y me cubrí con la sábana hasta la punta de la cabeza. Mi cuerpo, a diferencia del suyo, crece y se desarma otro poco cada día, se pliega, se seca, se enrolla sobre sí mismo en cansadas texturas. Hay veces en que apenas lo reconozco como mío.

Someone else's body is a place for your mind to go [*]

Hoy es mi cumpleaños número cincuenta y seis. Son las nueve de la mañana y estoy sentada en una banqueta en cuya superficie están tallados textos de Jenny Holzer. Sus frases han aparecido en camisetas, pelotas de golf, gorros, tazas y hasta en condones. La banqueta está en el jardín frente a las puertas de Barnard College, por donde decenas de impúdicas mariposillas entran y salen con sus faldas hasta el pubis y sus mochilas al hombro. Yo las observo. Las observo y aguardo a que Jorge aparezca con una de ellas cogida del brazo. Se escuchan chirridos de frenos. Una sirena taladra el aire. El día pasa en movimientos concéntricos y yo lo observo.

---

[*] El cuerpo del otro es un lugar donde descansar tu mente.

Murder has its sexual side *

Esperaba que Jorge me dijera feliz cumpleaños esta mañana, que me regalara una caja de
chocolates, una flor, unas palabras de aliento ante
los estragos que deja el tiempo y, ¿por qué no?,
también albergué la esperanza de un polvo ines-
perado. Pero nada de eso llegó. Se despertó, entró
al baño, seguro se masturbó mirando porno en
su celular, se vistió, tomó su maletín de cuero, el
mismo que llevan todos los académicos del mundo, me dio un beso en la frente y partió como si
nada. Por eso estoy aquí. Sentada en la banqueta
de Jenny esperando que algo ocurra, que algo ex-
plote y destruya este andar hacia un futuro que
hace rato perdió su calidad de imprevisible. Sí, sí,
lo que quiero, lo que verdaderamente aguardo, es
que mi marido aparezca campante por esa puerta
con una chica cogida del brazo y que todo se vaya
a la mierda.

—Jorge, Jorge —remecí una noche a mi marido que roncaba a mi lado con la almohada sobre
la cabeza.

---

* El asesinato tiene su arista sexual.

—¿Eh?

—Tengo el presentimiento de que algo muy malo va a ocurrir.

—Uhhhhhh.

—Muy muy malo, en serio.

—¿Quieres que vaya a ver? —me preguntó desde las profundidades de su almohada con ese sonsonete cabreado que se instaló en su garganta hace demasiados años.

—¿Adónde quieres ir a ver? —le pregunté. ¿Había acaso un sitio donde se podía atisbar lo que ocurriría en el futuro?

—No sé, a donde tú me digas.

Me quedé pensando. Que existiera algo así como un escaparate con todos los posibles acontecimientos del futuro era una idea interesante. Porque al final, si lo pensamos bien, un hecho no es más que un evento que alguien ha escogido entre los miles que quedaron aguardando su turno en una vitrina.

—A Macy's. Sí, a Macy's —repetí convencida.

En la oscuridad, mi marido abrió los ojos. Dos canicas negras me miraron con una expresión incrédula. Se quedó así un par de segundos, inmóvil, atento en su aturdimiento, y luego volvió a dormirse.

Pero sus ojos siguieron abiertos.

Con el propósito de comprobar cuánto de su conciencia permanecía incólume, dije:

—Ayer Analía me contó que te había visto follando en el baño de profesores con la italiana.

Analía es la mexicana que limpia las oficinas de los catedráticos. La italiana es una connotada académica que llegó hace algunos meses a formar parte del exclusivo club de varones del Departamento de Física de la Universidad de Columbia. Como Jorge no me respondió, ni tampoco su mirada de ojos abiertos cambió de expresión, asumí que estaba de verdad dormido. Era una oportunidad única para hablarle a los ojos y decirle lo que se me antojara. Empecé por expresarle cuánto lo quería.

—Oye, ¿sabes que te quiero a morir y que a veces me vuelves loca? Imagino cosas. Cosas como que me lames ahí abajo y luego me das un beso y siento mi olor en tu boca. O que te subes a horcajadas sobre mí, me inmovilizas con tus manos y me la metes por la boca. ¿Por qué nunca has hecho esas cosas conmigo? ¿No es acaso lo que haces con tus maripositas?

De pronto mis fantasías se evaporaron y en su lugar se instaló un sentimiento de belicosa libertad.

Use what is dominant in a culture to change it quickly *

———

* Usa lo que es dominante en una cultura para cambiarla ya.

Seguía con los ojos abiertos. Lo remecí un poco para cerciorarme de que aún dormía.

—¿Quieres que te diga algo, Jorge, Jorgito? ¿Sabes que con frecuencia eres conmovedoramente ridículo? Como cuando hablas de Nicanor Parra como si hubiera sido tu mejor amigo, ¡si solo estuviste con él una vez, una sola, e intercambiaron a lo más un par de palabras!, o cuando te acercas a una chica que podría ser tu hija y le hablas en su dialecto enrevesado como si pertenecieras a su tribu, o cuando escuchas sin escuchar y esperas impaciente el momento de interrumpir a tu interlocutor para explayarte en lo único que te importa: tú mismo, o cuando llegas a un sitio convencido de que todos se voltearán a honrar al prestigioso profesor DíazLefert (te preocupaste desde los inicios de que ambos apellidos fueran pronunciados juntos para que ese Díaz tan corriente, tan masivo en nuestro estratificado país, quedara unido para siempre al chiripazo de apellido extranjero que recibiste de un pariente demasiado lejano como para haber heredado alguno de sus rasgos europeos) y nadie se percata de tu presencia, o cuando movido por un afán renacentista o más bien de renacimiento personal, te compras pantalones amarillo canario dos tallas más pequeñas que la tuya, que dejan al descubierto tus nalgas ya inexistentes, porque es así, Jorgito, aunque no lo creas, a los hombres también se les desinfla el culo y, bajo los pantalones, lo que queda son un par de huesos que hacen desistir de cualquier intento de pellizco. ¿Sabías?

Me detuve. Respiré. Una corriente recorrió mi espina dorsal. Me di cuenta de que estaba temblando.

—Jorge DíazLefert, yo... —dije en un susurro.

Una chica con unos audífonos gigantescos se acerca a mi banqueta frente a Barnard College y me pregunta dónde está el auditorio de College Parrior. Me levanto y le doy las instrucciones en susurros, obligándola a sacarse sus adminículos que, ahora colgados en su cuello, suenan como una moledora de vidrios. Antes de volver a mi puesto en la banqueta, miro la frase sobre la cual he estado sentada.

Push yourself to the limit as often as possible*

Vuelvo a sentarme. Esta vez consciente de ocultar la reveladora frase de Holzer. No vaya a ocurrir que a otro ser viviente se le antoje hacer

---

* Llega hasta el límite tan frecuentemente como puedas.

lo mismo, empujar sus límites, y que los suyos y los míos colisionen en el más allá, destruyéndose unos a otros sin piedad, como suele ocurrir cuando dos seres aspiran a alcanzar la misma estrella. Pero, ¿cuáles son las probabilidades de que una exprofesora de primaria, arrastrada a Nueva York por su marido —y de quien desconfía al punto de permanecer sentada por horas frente a las puertas de la universidad donde él trabaja con el fin de atraparlo, además de pasarse el día sumida en cavilaciones inconducentes— se empuje a sí misma hasta el límite?

Pienso en todas las mujeres que aguardan quietas en la penumbra. Esperar es una forma de desaparecer, sobre todo cuando lo que aguardas, con una mezcla de masoquismo y de perversión, es ver a tu marido con una chica prendida del brazo.

Doris

Son las once y media en esta mañana de 1948. A pesar de su levedad, Doris Dana tiene la impresión de que la carta sin abrir se hunde en la cubierta de su cama deshecha. El silbato tenaz del vendedor de pescados y el repiqueteo de su carrito contra el empedrado resuenan en su cabeza. También los alaridos del afilador. ¡Se afiiiiiiiilan cuchiiiiiiiillos y tijeeeeeeras! Ella lo conoce. Se llama Sid y se adjudica a sí mismo el título del mejor afilador de Nueva York. Se cubre los oídos con ambas manos y luego hunde las yemas de los dedos en su frente cansada. Es la tercera carta que recibe de Gabriela en cinco días. ¿O la cuarta? No necesita abrirla para saber que son palabras amargas. Se recuesta otra vez sobre la almohada. Le duele la cabeza. El dolor es persistente, también la necesidad de perderse, de llenar el cuarto de algo distinto a la voz de Gabriela. La escucha en sus sienes, un corazón, un golpeteo regular y gigante que lo abarca todo, que roba su espíritu y le deja una sensación de ninguna parte, de vacío, de pequeñez. Pero eso no puede decírselo. Sería acaso el fin. Aunque a la vez sabe que para Gabriela no hay fin. Sabe que puede hacer o decir lo que quiera y ella seguirá aferrada a ese «nosotros», como una ardilla vieja a la última avellana del parque. *¿Quiénes están contigo? ¿Dormiste bien? ¿Te acuerdas de tu pobrecito? ¿Dónde estás, qué haces, qué piensas, qué expresión tienen tus ojos, tu boca?*

Recuerda el último beso de Aline la noche anterior. Se encontraron después de quince años en el salón de los Steeples. No logra recordar cómo llegó allí, pero sí tiene una imagen clara de la lámpara de araña que arrojaba sus destellos sobre las cabezas calvas de los caballeros y los rostros empolvados de sus mujeres. También recuerda a Aline, con su porte altivo, detenida entre un escalón y otro de la majestuosa escalera. Una de sus manos enguantadas sostenía en el aire un cigarrillo y con la otra se sujetaba a la baranda. Conocía bien esa expresión suya de entrecerrar los ojos, como si mirara entre visillos. Sin embargo, su miopía, que de niña había constituido motivo de burla, le había dado con los años un aire de misterio e indiferencia. Recordó a la hermana menor de Aline, Elizabeth, que había aparecido muerta en una residencia de caballeros cerca de la Universidad de Columbia hacía dos años. La familia pagó cuantiosas sumas a la prensa para mantener la desgracia oculta. Solo unos pocos se enteraron de la verdad. Tal vez por eso anoche se acercó a Aline después de tanto tiempo. Había pocas cosas que le atrajeran tanto como la proximidad de la muerte.

De niñas jugaban juntas en la mansión de Moss Lots, en la casita de muñecas que el padre de Doris había construido para ella y sus hermanas en un recodo del parque. Aline era entonces una chica de huesos demasiado pequeños y dislocados. Doris y sus hermanas solían introducir papeles mojados en su boca, y no cedían hasta que las lágrimas corrían por sus mejillas sonrosadas. Aline había estado en Moss Lots la tarde en que, hacía más de veinte años, entraron al salón y hallaron al padre de las Dana sentado frente a la chimenea con una Colt M1911 en su sien. Su madre, de cuclillas frente a él, tenía las manos apoyadas sobre las rodillas. Ambos estaban borrachos. Su padre, sin soltar la pistola pegada a su sien, movía el dorso hacia adelante y hacia atrás en un vaivén que parecía marcar el tiempo como el péndulo de un reloj. Las niñas se sentaron en el piso, contra la muralla, muy juntas. Al cabo de un par de horas, Aline se quedó dormida. Doris y sus hermanas, en cambio, no cejaron en su vigilia. Mientras estuvieran ahí, su padre no apretaría el gatillo. Eso era lo que querían creer. Nunca las miró. Hasta que su brazo comenzó a temblar, también su barbilla, luego el cuerpo entero. Dejó caer la pistola, se echó hacia atrás y cerró los ojos. Habían transcurrido cuatro horas. Doris cogió el arma y con esta bien sujeta entre sus manos corrió hacia el jardín. Enterró la Colt al lado de la casita de muñecas, y se sentó con la espalda apoyada en uno de sus muros de madera. La mano derecha le sudaba sobre el montículo de tierra bajo el cual yacía la pistola. Estaba convencida de que ella era la culpable de todo lo que había ocurrido entre su padre y su madre. Su testarudez, su impaciencia, pero sobre todo eso. Eso que ella había hecho y que subyacía en cada uno de los arañazos desesperados de sus padres. Esa noche se hizo el primer corte. No fue difícil. Su padre dormía en el sopor del alcohol cuando ella entró en su baño y con el filo de su rasurador abrió su antebrazo. Por una fracción de segundo, antes de que brotara la sangre, pudo ver la carne abierta, una grieta blanca que la llevaba al espacio ignoto que era su interior. Y mientras la sangre goteaba de su brazo y se abría en forma de rama sobre la bañera de mármol, una nueva tranquilidad la invadió. Sus miembros se adormecieron, también la culpa que la tenía cogida del cuello como a un ladrón.

Mientras la primavera allá afuera se resiste a mostrar su rostro meloso, aún puede oler el cuerpo de Aline entre las sábanas. Su dulce sudor. ¿Romero, rosa, lavanda? Necesita con urgencia un trago de Wild Turkey. Después abrirá la carta de Gabriela. El dolor de cabeza viene en oleadas y en cada descarga parece aumentar de intensidad. Prometió estar hace una semana en la casa que un hacendado le prestó a Gabriela en Jalapa, México, su tierra amada. Pero no ha podido partir. No ha podido porque no quiere. Y Gabriela gime en su casa vacía, en su cuerpo vacío de ella. Hace algunos días la llamó por teléfono. Imaginó que escuchar su voz la calmaría. Pero Gabriela no oye bien, y su desesperación se acrecienta con esas conversaciones entrecortadas por la distancia. A pesar de sus buenas intenciones, le fue imposible ocultar sus sentimientos. *Te oigo una voz rota, desconocida en ti, querida mía, una voz como de pájaro herido,* le dijo Gabriela. Intentó contarle un sueño. Sabe que le gusta cuando le cuenta sus sueños porque así toca algo de ella que de otra forma no podría. Pero lo cierto es que mientras hablaba, mientras le contaba el sueño mitad inventado mitad vivido, Doris se ahogaba. Se ahogaba ante la visión de Gabriela en esa agonía que la embarga cada vez que huye de ella. Lo hace sin pensarlo, sin medir consecuencias, porque es una necesidad imperiosa, la de fugarse de su voz ronca que anhela y exige y clama por todo lo que ella no quiere ni puede darle. *Soy arrebatado, recuérdalo, y colérico. Y TORPE, TORPE. Yo soy una gota de agua dentro del hueco de tus manos. Yo seré lo que tú quieras que sea, yo viviré por ti y el tiempo que quieran mi corazón y tú, tú, Doris mía.*

Se reincorpora. Necesita un trago de bourbon. Camina descalza hasta la sala y coge la botella que permanece abierta sobre la mesa desde la noche anterior. Su vaso y el de Aline están muy juntos, semivacíos y opacos, exentos de toda luz. Una mímesis de ella misma. De pie, apura un sorbo que quema su garganta. Es frágil y blanca la piel de Aline. Ambos cuerpos enlazados deben conformar un cuadro bello, cavila, mientras el bourbon comienza a hacer su efecto. Siente un súbito deseo de ella. Saca de la nevera el jugo de naranja que preparó el día anterior, lo vierte en un vaso, lo rellena de Wild Turkey y se lo toma. Está amargo. Con ese último sorbo se siente ligeramente ebria. Justo a tono. Sí, no le importaría que Aline entrara por esa puerta. Tendría que comer algo, pero hace días que no hay nada en casa. No ha tenido valor para echarse a la calle en medio de la mugre. Tampoco tiene dinero, apenas para las botellas de bourbon y los taxis. No debió comentárselo a Gabriela, porque ahora además de sus cheques, ella quiere enviarle a un tal Délano, un escritor chileno o cónsul, no recuerda bien, tal vez ambas cosas, para que se haga cargo de ella. Pero no quiere piedad. Ni de Gabriela ni del señor Délano, ni de nadie. Solo quiere paz. O tal vez tampoco eso. Quiere ser Doris. La que se extravió en el entresueño pesado del bourbon, en el hambre de eternidad que la lleva a arrimarse a seres grandiosos. Hace unos años se sentaba en la terraza de Thomas Mann y él le hablaba de la luz de Los Ángeles donde vivía con su mujer y su hija. Ahora Gabriela canta para ella canciones de cuando era niña. Un privilegio al cual no quiere renunciar pero que a la vez resiente, como resiente haberse tomado el resto de la botella, tener la boca seca y desear otro trago.

Suena el teléfono. Es Aline. Le dice que pasará por ella a las cinco para asistir a una recepción en la residencia de una viuda, Mrs Odler, una mujer cultísima que reúne en sus salones a los cerebros más sublimes de la ciudad. Aline tiene voz de pastos secos, sedosa y a la vez quebradiza. Mientras la escucha, enciende un cigarrillo. Recuerda la imagen de una travesía junto a Mr y Mrs Knopp, los padres de Aline, en uno de los yates de su padre. Ella, obesa y sudorosa, enfundada en un vestido a rayas blancas y azules. Él, largo y de color lechoso. Un hombre cuya vida parecía concentrarse enteramente en su estilizado bigote.

Mientras aguarda a que llegue Aline, podría intentar escribir. Pero no la carta que le debe a Gabriela. Quiere escribir un texto para ese mundo que según Gabriela aún no reconoce su talento. No es tan idiota como para no darse cuenta de que es una forma de reconfortarla, de ocultar su infinita disparidad. Pero también es posible que las palabras de Gabriela tengan un gramo de realidad, y por ese gramo vale la pena intentarlo. Tal vez este es el momento. No lo sabe, como no sabe lo que contienen los instantes hasta que han pasado y ya es muy tarde para asirlos. Tiene la impresión de que la vida se le escapa así, a hurtadillas.

Se sienta frente a la máquina de escribir y golpea una y otra vez la letra A. aaaaaaaaaaaaaa aaaaaaaaaaaaaaaaaaaaaaaaaaaaaaaaaaaaaaaaaaa aaaaaaaaaaaaaaaaaaaaaaaaaaaaaaaaaaaaaaaaaaa aaaaaaaaaaaaaaaaaaaaaaaaaaaaaaaaaaaaaaaaaaa aaaaaaaaaaaaaaaaaaaaaaaaaaaaaaaaaaaaaaaaaaa aaaaaaaaaaaaaaaaaaaaaaaaaaaaaaaaaaaaaaaaaaa aaaaaaaaaaaaaaaaaaaaaaaaaaaaaaaaaaaaaaaaaaa aaaaaaaaaaaaaaaaaaaaaaaaaaaaaaaaaaaaaaaaaaa aaaaaaaaaaaaaaaaaaaaaaaaaaaaaaaaaaaaaaaaaaa aaaaaaaaaaaaaaaaaaaaaaaaaaaaaaaaaaaaaa, imaginando que vendrá otra letra, y luego otra. Pero nada acude.

Necesita ver al doctor M. Seguro él podrá darle algo que la ayude a salir de esta inanición. En una de sus sesiones, él le pidió que anotara sus sueños. Y ella, para provocarlo, a la semana siguiente le llevó escrito un sueño erótico que exageró al punto de lo obsceno. Mientras leía, el doctor M permaneció impávido, como era de esperar, y la felicitó por cumplir su tarea con tan buena disposición. A veces siente ganas de romperle la nariz de un puñetazo, bajarlo de ese lugar intocable donde se ha apostado y molerlo a patadas. *¡Cuídate, cuídate, cuídate! ¡Por favor! ¡Y sé limpia y buena!*

Se echa sobre la cama y abre la carta de Gabriela. *Todo me parece un poema que yo estaba haciendo, Doris, una vida que yo me he inventado, puesto que no sigue, que ha pasado.* Se estremece. Sabe que necesita a Gabriela tanto como Gabriela la necesita a ella. Pero la última vez que estuvo en Jalapa, hace un mes, fue tanto el apremio que una mañana cogió un tren y sin más equipaje que su propia desesperación, se fue *pateando el aire,* como le dijo Gabriela en una de sus cartas. *Cuando tú no estás a mí me viene una especie de borrachera de amargura de pronto, algo como una purga infernal que me cae a las entrañas y que me da una agonía sin sangre y sin llanto, es decir, sin alivio.* Sus palabras la desarman. Pero también la irritan. ¿Cómo es que, si dice amarla tanto, no es capaz de entender que necesita constituirse como algo diferente a un apéndice de la Gran Gabriela? *Yo no hallo razón alguna válida para comprender tu actitud exasperada, brusca y casi brutal del último día, yo he sido insistente, majadero, estúpido en mi porfía por retenerte. Pero nosotros los latinos-indígenas en una actitud de esta especie vemos solo y únicamente un cariño y un apego machacones y majaderos. Nada más.* ¿Cómo explicarle? ¿Cómo explicárselo a sí misma?

Camina con los ojos sumergidos en los pastelones de la acera, rumbo a la licorería de la 109. Es un periplo largo y penoso. Todo la fastidia, los zapatos de tacón alto que usó la noche anterior, el vestido, los anteojos oscuros que amenazan con caerse en cada uno de sus pasos, las voces, los rostros sombríos que la adelantan, el chirriar de las llantas de las carretas al surcar Broadway. Todo es vulgar y ruidoso. Y sin embargo, ahí está, caminando hacia la única salvación posible. Entra a la licorería con su paso distinguido, controlado, que heredó de sus padres y que oculta su urgencia. No vaya a pensar el dependiente de mirada amable y cabello encanecido que se encuentra desesperada. Todo ocurre con serenidad y parsimonia, como si ninguno de los dos supiera que en ese instante la vida depende de ese trago. Su vida. Guarda el Wild Turkey en la cartera y camina de vuelta las diez cuadras que la separan de su guarida en la 119 todo lo rápido que le permite la resaca. No va a incurrir en el desprecio a sí misma de echarse un trago apresurado en una calle de Nueva York. *Yo sé que si llegas a venir será para irte de nuevo y que yo sufriré mucho más de lo que sufro al ver que tu vida conmigo te cansa y no te da ninguna felicidad. Yo prefiero que no vengas, a verte en la mirada —y percibir en los silencios—, que Nueva York está en ti todo el tiempo.*

Debería llamar al doctor M y decirle que hace tres días que no duerme. Decirle cualquier cosa. Pero no lo hace, porque el doctor M, en lugar de acudir a recogerla como ella quisiera, en lugar de empujarla contra la pared y follarla, le hablaría con su voz neutra y le cantaría la misma cantinela de siempre. Cuando está en algún lugar del globo con Gabriela, le escribe largas cartas que él responde escueto, la mayoría de las veces aludiendo a Freud y su teoría del penisneid. ¿Por qué sigue tratándose con él? Tal vez aguarda la ocasión de destruirlo, o al menos de socavar esa confianza irritante y a la vez sospechosa que tiene en Su Freud, pero, sobre todo, en Sí mismo.

Juliana

La mañana del 4 de mayo de 1946, Juliana cumplía trece años. Hubiera preferido hacer otra cosa, como tomarse un helado en la heladería de Mr Angelini, pero Má le exigió que la acompañara a la casa de estudiantes donde trabajaba. Y ahí estaba, siguiéndola por los pasillos oscuros, mientras su madre caminaba apurada, bamboleando las caderas como las perras en celo. Juliana detestaba que Má caminara así porque al verla aparecían cosas en su cabeza que quería olvidar. Frente a cada cuarto, Má tocaba la puerta un par de veces, y si nadie contestaba sacaba el manojo de llaves del bolsillo de su delantal y la abría. Una vez adentro, había que levantar las ventanas de guillotina y dejar escapar el olor rancio del sueño ajeno, había que echar agua al piso y limpiarlo con una fregona de telas deshilachadas, había que tirar la cadena de los wáteres y, con un paño húmedo, limpiar los restos de excremento. También había que sacar las sábanas revueltas, recoger las toallas húmedas y arrojarlas a un canasto para lavarlo todo en el sótano. Hacía días que Má y ella no podían entrar a un cuarto del primer piso. El 102. Cada vez que Má tocaba la puerta, una chica con una voz de ultratumba le decía que estaba todo bien, que volviera al día siguiente. Má levantaba los hombros y decía entre dientes: «Bah, mejor, un nido de ratas menos que limpiar». Era extraño que hubiese una chica en la residencia de caballeros, pero Má no quería meterse en problemas, ya tenía suficientes con los suyos. Era ya el quinto o sexto cuarto que limpiaban cuando Juliana sintió el cosquilleo en las plantas de los pies. Era hora de escapar. Total, Má nunca se enteraba. Su cabeza estaba en otro sitio. A Juliana le gustaba jugar en el primer piso, debajo de la escalera, donde tenía su consulta. Allí imaginaba que llegaban los residentes del barrio con sus problemas. Jóvenes que habían perdido a sus novias, viejos que tenían hongos en los pies como la abuela, niños que de tanto chupar caramelos se habían hecho pedazos la lengua. Incluso a veces llegaban brujas y ángeles, a quienes Juliana atendía con dedicación, porque nunca se sabía cuándo podría necesitar sus favores. Pero algo la detuvo esta vez camino a su rincón. La puerta del cuarto 102, el cuarto vedado, estaba entreabierta, y una luminosidad interior arrojaba sobre el pasillo una lanceta de luz. La empujó despacio. Una chica desnuda yacía en la cama con los brazos caídos a lado y lado. No era la primera vez que Juliana tenía ante sí las nalgas de una mujer. Solo que estas eran más blancas de las que había visto nunca. Cuando estuvo frente a ella, Juliana se dio cuenta de que era la chica que vivía en el piso de arriba del suyo, en el apartamento de la vieja Joanna. Había llegado hacía unos meses con tres maletas. A veces la espiaba cuando entraba y salía con los ojos perdidos, como si no estuviera ahí. Usaba vestidos a la moda de colores suaves, y todo en ella era, cómo decirlo... magnífico. La vieja Joanna les había contado que era estudiante y que se llamaba Elizabeth. Pero ahora yacía frente a ella, y tenía los ojos abiertos. Un lunar oscuro en la comisura de su boca hacía que en su rostro apareciera una sonrisa. En el suelo, a un costado de la cama, había un cuaderno abierto, como si se le hubiera caído de las manos. Juliana reculó, pero la expresión de la chica no cambió. Fue entonces cuando pensó que tal vez estuviera muerta.

—Señorita, señorita —murmuró.

Vive, vive, vive, pensó. Y luego lo dijo en voz alta:

—Vive, vive, vive.

Pero ella sabía que los milagros no son más que lagartijas vestidas para una fiesta a la cual nunca logran llegar. Recorrió con la punta del dedo la espalda de la chica, desde su omóplato huesudo hasta el nacimiento de sus nalgas. Su cuerpo estaba tibio y frío al mismo tiempo. Como el de una paloma muerta que había encontrado unos días atrás frente a las puertas de su edificio. Volvió a tocarla. Esta vez puso la palma de su mano sobre su mejilla. El calor desaparecía. A través de la ventana escuchó voces que venían de la calle.

Si la abuela estuviera aquí, pensó, se largaría a llorar sobre el cuerpo de la chica. Diría que a los muertos hay que llorarlos, quienesquiera que sean, hay que llorarlos aunque no los conozcas. Juliana salió al pasillo, subió al segundo piso corriendo y luego volvió a bajar.

—¡Má! —gritó.

Oyó el eco de su propia voz estrellándose contra las puertas cerradas de los cuartos. Había visto a una mujer muerta y ahora no sabía qué hacer con lo que se le había quedado pegado de ella. Sus ojos abiertos, el tacto de su piel, la noción de la muerte de un ser que no era paloma, ni gato, ni hormiga. Una mujer que, estaba segura, había muerto por amor, como las estrellas en el cine.

Margarita

De las puertas de Barnard College continúan saliendo y entrando ninfas. Todas relucientes como pisos recién encerados. Intento no pensar, de modo que mis sentidos estén atentos a los posibles acontecimientos que se desarrollen ante mí. Pero mi mente brinca de una cosa en otra, incapaz de asentarse. Pienso, pienso. Pienso en los círculos que dejaban las tazas de café en la mesa de nuestro departamento en la calle Condell, cuando Jorge y yo recién nos casamos, hace treinta años. Pienso en el vértigo del día vacío. Pienso en que cualquiera de estas noches Jorge podría volver a desaparecer. Pienso en la ardilla que se asomó en la ventana de nuestro departamento en la calle 119 la primera vez que Jorge no llegó a dormir. Su cola tenía al menos el doble del largo de su cuerpo y sobresalía de su lomo como un gigantesco pompón. Me miró con sus ojos brillantes y no dejó de mirarme hasta que yo quité los míos de ella. Después me largué a llorar. Pasé la noche esperando a Jorge apostada en la ventana. A oscuras, avistaba las luces de los edificios vecinos suspendidas en la oscuridad. Almas felices que aparecían ante mí como la vida que yo había perdido. Pensé que la soledad se hace real justo ahí, cuando los otros siguen caminando, toman su auto, un tren, un avión, un trasatlántico, y una se queda estacionada como un viejo camión sin llantas. La ardilla aparecía y desaparecía. Como mi rabia y mis ganas de lanzarme por esa misma ventana de modo que cuando Jorge llegara, de donde fuese que estuviera, me encontrara hecha un bulto de carne y sangre en la acera. En algún momento llamé a mis hijas a Chile, pero ninguna de ellas me contestó. En eso fui afortunada. Una madre desesperada desentona en las vidas inmaculadamente felices de sus hijas.

A la mañana siguiente, busqué a mi ardilla en google. Se llama Ardilla Copetuda y es originaria de las selvas tropicales de Borneo, donde convive con orangutanes, elefantes pigmeos y rinocerontes. De ahí su mirada. Esa ardilla conoce más el mundo de lo que yo jamás llegaré a hacerlo. La llamé Aparecida. Al día siguiente volvió, y al siguiente también.

—Aparecida, Aparecida, ven aquí —hasta que un día no regresó.

Expiring for love is beautiful but stupid[*]

Desde esa misma ventana, cada día diviso cabezas y cuerpos que circulan por la 119. Todos

---

[*] Morir de amor es hermoso pero estúpido.

apurados, todos yendo a algún sitio. Cuerpos que imagino se encuentran con otros cuerpos por la noche en la oscuridad: oficinistas, estudiantes, profesores, fugitivos, vendedores, emigrantes de la ex Yugoslavia, provincianos recién llegados de un pueblito de Dakota del Norte, hombres dilapidados, mujeres insomnes que atraviesan la mañana con los ojos apenas abiertos, seres encaprichados, derrotados o simplemente ausentes. A veces estoy ahí temprano, después de haber pasado la noche en vela. Por la mañana, Jorge me encuentra en pijama, con los codos apoyados en el dintel de la ventana, la cabeza sobre las manos, mirando la calle desperezarse. Entonces me da un beso en la frente, suspira y coge su maletín. Cuando él parte, seis pisos más abajo las copas de los árboles vibran con el viento y me susurran mensajes ocultos. Entonces mi alma, la muy traicionera, vuelve a los lugares que le son familiares: el recuerdo de una tarde en el mar, las niñitas correteando por ahí, el sol alto y Jorge roncando a mi lado con la cara roja e hinchada llena de arena; en fin, lo que sea con tal de no perderse en una soledad sin fondo.

Una mañana, mirando por esa misma ventana, supe que si no encontraba una forma de volver a hacerme corpórea, terminaría por desaparecer. Como Anne.

Anne, la conserje del edificio que nos adjudicaron de la universidad, en la 119, fue la primera persona que conocí cuando llegamos a Columbia, hace dos años. No nos hicimos precisamente amigas, porque Anne hablaba poco, pero cuando lo hacía, pronunciaba frases desconcertantes: «Si tuviera que elegir a una persona de este edificio como sobreviviente de un ataque terrorista, la elegiría a usted». Se pasaba el día sentada tras la consola mirando su celular y comiendo unas frituras que extraía de un cucurucho de papel con manchas de grasa. Era obesa y vestía uniforme. Llevaba una pistola. Cuando entrabas al edificio, después de haber abierto las dos puertas con tu tarjeta magnética, tenías que dirigirte a su consola y posarla sobre un dispositivo que se iluminaba de verde. Anne levantaba sus ojos negros, te miraba y volvía a sacar una bolita frita de su cucurucho. En ese rostro voluminoso llamaban la atención sus facciones talladas con un cincel. Sus labios eran finos e intensamente rosados. Llevaba el cabello muy corto, como si se lo hubiera cercenado en un ataque de ira. Un día apareció con un pajarito azul prendido en su uniforme. Al acercarme a poner mi tarjeta sobre la banda, me di cuenta de que era un colibrí embalsamado. Reculé con espanto. Pude sentir su sonrisa burlona a mis espaldas. Me di vuelta y le pregunté nerviosa:

—¿Y ese pajarito?

—Para que sepan quién soy —me respondió.

—¿Quiénes, Anne?

—Todos los que morirían acribillados si tuviéramos un ataque terrorista.

—Excepto yo.

—Excepto usted.

Era la primera vez que veía en su rostro una expresión parecida a una sonrisa. Luego enterró la mirada en su celular, dejando en claro que la conversación más larga que habíamos sostenido hasta entonces había concluido.

A partir de ese día, el colibrí estaba siempre prendido en su pecho, desafiante en su desgracia, tieso, una pupila negra que emergía directo del corazón de Anne y te apuntaba como una cámara. También comenzó a leer un librito azul que llevaba por nombre: *Cómo desaparecer en América sin dejar rastros.* Desde entonces, no levantó más los ojos del libro. Dejó de comer sus cucuruchos fritos y de mirar su celular.

Una tarde de hace tres semanas, me la topé en Broadway con la 108. Era la primera vez que la veía fuera de la consola de la recepción. Estaba apostada contra un muro, los ojos enterrados en la acera y los brazos colgados como dos trapos. «Hola, Anne», le dije, pero no me escuchó. Estaba absorta en algo que yo no podía ver. Llevaba un vestido de flores amarillas y el colibrí azul prendido en su pecho. Tenía la apariencia de una gigantesca muñeca. Tuve el impulso de tomarle la mano, traerla de vuelta a este lado, a sus cucuruchos, a su uniforme y su pistola, pero no tuve el coraje.

Al día siguiente había otra chica en la recepción. Le pregunté si sabía algo de Anne. Sin mirarme, replicó que ya no trabajaba en el edificio. Volví a preguntarle al día siguiente, y al siguiente, luego a las mujeres que hacían la limpieza, a los guardias, a los demás residentes. Respuestas evasivas, ojos en blanco, silencios. Como si preguntara por el devenir del mundo, las rutas futuras de los huracanes, algo inabarcable.

Hace un par de días, una mujer me interceptó en la puerta de la residencia. Su súbita figura frente a mí me asustó.

—Me dijeron que usted estuvo preguntando por Anne.

Tenía su mismo acento cantado. Y tenía también su misma nariz sacada de un cuadro. Podía ser su hermana mayor, pero todo lo que en Anne comunicaba desprecio, en la mujer era sagacidad. Llevaba un vestido ceñido y el rostro maquillado un tono más alto de lo que hubiese correspondido al mediodía de un día miércoles en la 119.

—¿Usted era amiga de Anne? —me preguntó. Unos ojos inquisidores, parecidos a los de Anne en su expresión, pero intensamente azules, se enterraron en mí.

—Sí —mentí.

—Nadie era amiga de Anne.

—Pues yo sí. ¿Dónde está?

—Desapareció.

—¿Qué quiere decir?

—Eso. Que desapareció. No hay rastros de ella.

—Lo siento mucho —dije. Pensé en el brillo que arrojaba la pistola que Anne llevaba al cinto.

—¿Hay algo que pueda decirme de ella? —me preguntó—. Soy su madre.

Es notable cómo una pieza de información de pronto te revela lo que no has visto antes. Me di cuenta de que debía tener muy pasados los cuarenta, que estaba a punto de largarse a llorar, que en la mejilla derecha tenía un grano purulento y que bajo su maquillaje se entreveía una piel ajada. Era evidente que estaba exhausta, exhausta de lidiar con una hija que llevaba un colibrí embalsamado prendido en el corazón. En el suyo, traía una etiqueta bordada que decía *Paradiso.* En la acera del frente percibí el misterioso poder de los árboles, la forma en que sus ramas se extendían para encontrarse con las de sus vecinos. ¿Fue eso lo que buscaba Anne cuando desapareció? ¿Ese fantástico abrazo?

It's crucial to have a fantasy life *

—Este es mi celular —dijo la mujer al tiempo que sacaba de su cartera un boleto usado del me-

---

* Es esencial tener una vida imaginaria.

tro y anotaba su número——. En caso de que sepa algo, lo que sea.

—Por supuesto —le respondí, y lo introduje dentro de mi billetera—. ¿Es la primera vez que desaparece?

—Sí.

—¿Dio aviso a la policía?

—Me dejó una nota. Me pide que no la busque. Dice que estará bien.

Nos quedamos en silencio, ambas mirando el suelo.

—Bueno, ya tengo que irme. Gracias de todas formas —me dijo.

Nos despedimos. Dio unos pasos y luego se volvió.

—Usted no era amiga de mi hija, ¿verdad?

—No —confesé avergonzada.

Juliana

Volvió a gritar: «¡Má!, ¡Má!». ¿Y si Má la había dejado ahí, sola con la muerta? Salió a la calle, cruzó Broadway y corrió hasta que encontró, entre los bloques de cemento, un pequeño parque donde ocultarse. Se hizo un ovillo tras un arbusto y escondió la cabeza entre las piernas. Las hojas tenían puntas espinosas que la pinchaban. Pero no iba a moverse de ahí. No hasta que la muerta saliera de su cabeza. De pronto escuchó la voz de una mujer. Se asomó entre las ramas para mirarla. Era una mujer mayor, pero no tanto como la abuela. Daba vueltas alrededor de la única banqueta del parque y leía en voz alta. Su cara tenía la dureza de las piedras. Hablaba en español, pero su acento no era el mismo de Má ni el de la abuela. Tampoco usaba las mismas palabras. Algunas retumbaban, otras brillaban, otras parecían moverse tan rápidas como las serpientes de los cuentos de la abuela. Le gustó su voz. Era tranquila y ronca, muy diferente al tono nervioso de Má, que siempre estallaba y después se achurrascaba como papel quemado.

—¿Qué haces ahí, niña?, ven —la llamó la mujer cuando la vio en su rincón.

La abuela le había prohibido hablar con extraños. Los seres vivos de la tierra habían sido malos con ella, igual que con Má.

—Ven, niña, no tengas miedo —insistió la mujer.

Juliana se acercó con los ojos enterrados en los hierbajos. No se atrevía a mirarla porque, a pesar de todos sus esfuerzos, se le habían escapado unas estúpidas lágrimas. Juliana llevaba trenzas en ese entonces, y se las tironeó como hacía cuando estaba nerviosa. La mujer le dijo que había visto un gato.

—¿Me ayudas a buscarlo? —le preguntó.

Lo buscaron un rato, pero como no lo encontraron, la mujer la invitó a sentarse en la banqueta.

—Ahora quizás me puedes decir por qué estabas escondida detrás de esos matorrales.

Juliana le contó de la muerta y de su intuición de que había muerto de amor. La mujer la tomó con cierta torpeza de los hombros y la atrajo hacia ella. Su cuerpo desprendía el aire limpio y a la vez gastado de las toallas de la casa de estudiantes.

—Yo he muerto varias veces —le dijo la mujer—. Seguro tú morirás unas cuantas también.

Margarita

El viento tibio que se levanta seguro trae lluvia. No me importaría mojarme aquí sentada en la banqueta de Jenny Holzer el día de mi cumpleaños. Sería un acontecer, de alguna forma, extraordinario. Me pregunto dónde está Anne, de qué huye, quién busca ser. Recuerdo el pequeño libro azul que leía las últimas semanas que estuvo de recepcionista en el edificio. *Cómo desaparecer en América sin dejar rastros*. Desde que comenzó a leerlo, nunca más volvió siquiera a saludarme, así de concentrada estaba en su lectura.

¿Cómo no lo entendí antes?

Se ha largado a llover. No muy fuerte, pero lo suficiente como para quedar mojada en mi carrera hacia la Biblioteca Butler. Una vez instalada frente a un computador, comienzo a buscar. Descubro que la historia del librito de Anne es mucho más compleja e interesante de lo que podría suponerse dada su insignificante materialidad. La que tenía Anne es la edición que hizo Susanne Bürner, una artista alemana. En la primera página, la autora declara que es una publicación revisada y mejorada de un texto anónimo aparecido en el sitio web *The Skeptic Tank,* y que este es a su vez una compilación de recomendaciones de cientos de personas que desaparecieron por su propia voluntad en Estados Unidos. Cuando busqué el sitio, *The Skeptic Tank,* me encontré con el mismo texto, cuya autoría es reclamada fervientemente por un tal Fredric L. Roof, quien, además, alega que durante los últimos dieciséis años este material ha sido usurpado, alterado y vendido por artistas y escritores, como si fuera de ellos. La artista alemana debe caer en este cambucho. Fredric L. Roof se describe a sí mismo como un hippie viejo, mochilero, caminante y ciclista que ha vivido en los límites de la sociedad por décadas, pasando largos períodos fuera de ella. Otra edición del mismo texto, sin más alteración que la portada, fue publicada por Seth Price, un exitoso artista israelí que vive en Nueva York, sin alusión alguna a Fredric L. Roof. Encuentro en la biblioteca la versión que llevaba Anne.

Confusing yourself is a way to stay honest *

La primera premisa del librito azul es que si huyes de alguien que te maltrata, ese alguien saldrá por ti. Es la ley del maltratador, necesita a su

---

* La confusión es una manera de permanecer honesto.

44

presa para confirmar su valía. Por eso recomienda destruir prontamente el automóvil del perseguidor. Hay una larga explicación de cómo esto debe llevarse a cabo. Pero, en suma, consiste en introducir granos de arroz en el radiador. Concluido este capítulo automovilístico, comienza la información dura. Deja atrás tu casa, tu auto, tu celular, tu ropa, tus libros, tus tarjetas de crédito. Deja atrás tus afectos, tus amigos, tu forma de caminar, de comer, de vestir, de respirar, de reír, de hablar, déjate atrás a ti mismo. Y vete así, desguarnecido pero fuerte, porque lo que te espera allá afuera es mucho más cruel de lo que nunca has imaginado. Si tienes ganas de echarte a llorar, hazlo, llora ahora, antes de partir, mientras nadie pueda verte, límpiate los mocos con la manga de la camisa y solloza feo, como lo hace la gente miserable y triste, porque después será solo la intemperie, y allá afuera tendrás que estar siempre alerta, siempre con los ojos puestos en el mundo que intentará doblegarte. Me parece tan cuerdo que quiero encontrar un sitio oculto y largarme a llorar ahora mismo. Las recomendaciones continúan. Si tienes dinero en efectivo, ocúltalo en diferentes lugares por si alguno de tus escondites es descubierto. No pidas jamás ayuda a alguna institución o persona que pudiese estar asociada con el Estado. Busca a tus aliados en los márgenes: delincuentes menores, hippies en granjas apartadas, rockeros, punks, skinheads, new ages, motoristas. Sigue sus costumbres, acata sus leyes, muéstrate solícito, limpio y silencioso. Lugares como los bares gay son buenos si necesitas comer y pasar un par de noches en un sitio seguro. Utiliza toallitas húmedas desechables para borrar cualquier huella que puedas haber dejado. Cada vez que abres una puerta, que vas al baño, que tomas un teléfono, dejas residuos, tu piel está siempre descamándose, tu pelo está en infatigable regeneración. Al cabo de un año ya no eres el mismo, todo lo que fuiste, en términos biológicos, quedó en el camino. Lleva el pelo corto, seas hombre o mujer, usa sombrero, guantes, protectores de WC, los llamados «ass gaskets», literalmente «empaquetadores de culo». Jamás pegues una estampilla con la lengua, no dejes nunca vestigios de semen, descarga menstrual o sangre. Si las autoridades van tras de ti, usarán sustancias químicas de última generación que detectan las más ínfimas células de sangre, y por consiguiente tu ADN. Si eres bueno para sobrevivir en la naturaleza, aléjate de las ciudades, vive en un bosque, aliméntate de plantas, respira aire limpio, hasta que el período intenso de búsqueda haya quedado atrás. Entre uno y dos meses. Si encuentras ahí una vida más satisfactoria que la que tenías, permanece más tiempo, pero no tanto como para hacerte conocido por cazadores y granjeros como el loco o la loca del bosque. Pasado el tiempo crítico, busca un trabajo por día, trabaja duro y reúne dinero.

Crea afectos. Ayuda a los demás. Sé quien siempre quisiste ser. Empieza tu nueva vida.

¿Es eso lo que buscaba Anne? El librito azul no se explaya en las razones por las cuales alguien decide huir. Pero no es difícil de imaginar. Abuso, miseria, calumnia, deshonor, decepción, enfermedad, hambre, soledad, violencia, miedo, hacinamiento, bancarrota, traición, burla, rabia, derrota, también esperanza, ansias de libertad y de aparecer en un lugar distinto siendo otro.

Juliana

Esa tarde en el parque la mujer le preguntó en qué grado iba y Juliana le confesó que había dejado la escuela. Tenía que cocinar, lavar la ropa, limpiar, limpiar, limpiar y ayudar a la abuela, que ya no podía moverse. Eran tantos los «pásame la cajita de las pastillas, la manito para rascarme, la cajetilla de cigarrillos, las pantuflas», que Juliana estaba segura de que algún día le pediría su alma, enterita, para tirársela a los gatos del callejón que siempre tenían hambre. Esto último la abuela no lo decía, pero era la sensación que tenía Juliana, que de tanto absorberla con sus demandas, un día ella se quedaría con su alma. Sus nalgas y la cuerina del sofá donde pasaba día y noche se habían vuelto del mismo material. Rugoso y mugriento. Odiaba su aliento viejo, y el ruido de las bisagras de la puerta del cuarto de su madre que se abría y cerraba en el ir y venir de hombres desconocidos. Pero claro, todo esto Juliana no se lo dijo. Tampoco le dijo que la chica que había visto muerta en la casa de estudiantes vivía en el piso de arriba del suyo. Tal vez, como siempre ocurría, terminarían echándole la culpa a Má o a ella. Más valía quedarse callada y esperar. Sí le dijo que cuando creciera quería salir de ahí. De ese barrio, de esa ciudad, de esa vida.

—A mí también me tocó hacer las labores de casa cuando era niña. A los nueve años una profesora me acusó de robar cuadernos de la escuela. Todos los chicos del pueblo donde vivía se volvieron en contra de mí. Me expulsaron del colegio. Y por no aplastarme con el cargo de ladrona se colocó en mi certificado que se me separaba del colegio por deficiencia mental.

La mujer le contó que todo el resto lo había aprendido sola. Leyendo y curioseando. Sobre todo leyendo. Antes de despedirse, dibujó un cántaro y un bastón en su cuaderno, arrancó la hoja y se la entregó. También le hizo prometerle que volvería a la escuela.

Margarita

Después de leer el libro azul en la biblioteca, lo pido en préstamo y, con él en la cartera, salgo a la calle. Hay algo vertiginosamente atractivo en la idea de desaparecer. Pero no es ese mi plan. No por hoy al menos. Ha dejado de llover y en las aceras las pozas reflejan el cielo gris. Atravieso la 116 y apuro el paso hacia The Hungarian Pastry Shop, donde trabaja mi amiga Juliana.

Protect me from what I want[*]

Es mi día de suerte, Juliana está sentada en una de las mesas de la calle fumando un cigarrillo. Se ve más cansada que de costumbre. Tiene setenta y ocho años y la vida no ha sido todo lo generosa que debió ser con ella. Aprendió el oficio de pastelera mirando al chef de un hotel en la 58. Trabajó allí treinta años y hace dos que trabaja en The Hungarian Pastry Shop haciendo pasteles.

---

[*] Protégeme de lo que deseo.

Con un paño seca la silla a su lado y me invita a sentarme. Solemos conversar cuando ella tiene un momento libre y yo por casualidad he pasado por aquí. No nos ponemos de acuerdo, porque Juliana no tiene celular, pero así, dejándonos llevar por el azar, hemos logrado ser amigas. En el muro de acceso al café hay un afiche que dice, «Expect a Miracle Today», y es así como nos despedimos cada vez: «Expect a miracle today, amiga».

Me dice que tenía el presentimiento de que yo aparecería. No le confieso que es mi cumpleaños. No quiero tener que decirle que Jorge lo olvidó. Tampoco alcanzo a contarle que ha sido una mañana extraña, sentada en esa banqueta llena de mensajes de Jenny Holzer y luego buscando rastros de la conserje de mi edificio que desapareció. No me da el tiempo, porque nada más sentarme, me dice que tiene algo importante que decirme. De una bolsa de plástico saca un dibujo a lápiz enmarcado en una aparatosa moldura dorada. Me cuenta que el dibujo se lo regaló una mujer con quien se encontró en un parque cuando tenía trece años, a tan solo un par de cuadras de aquí. La muerte de una chica que rentaba un cuarto en el edificio donde ella vivía y el encuentro con esa mujer cuya identidad desconocía, son los recuerdos más nítidos y a la vez más enigmáticos que tiene de su infancia. La han perseguido todos estos años, porque sabe que esos dos acontecimientos cambiaron el rumbo de su vida. Al año siguiente, contra todas las objeciones de su abuela y de su madre, volvió al colegio. Me pregunta entonces si le puedo ayudar a desentrañar la identidad de la mujer. Le respondo que nada me gustaría más en el mundo.

—Lo sabía —dice, golpeando la mesa con el puño y dejando entrever su sonrisa en parte desdentada.

El dibujo es sencillo. Un cántaro de greda y un bastón apoyado sobre él. El trazo es firme pero en absoluto artístico, más bien semeja la ilustración de un libro escolar. Le pido a Juliana que me cuente hasta los más nimios detalles de ese día. Me describe a la mujer y la escueta pero significativa conversación que tuvieron.

Vuelvo a mirar el dibujo y le tomo una foto con mi celular. Me recuerda esos cántaros de greda que suelen estar en un rincón del jardín de las casonas chilenas y en cuyo interior crecen cardenales rojos.

—Juliana, haré lo que pueda, pero no es mucha la información que me has dado.

—Lo sé, lo sé, pero es primavera, Margarita.

—¿Y?

—La primavera es la estación de las mujeres.

—¿Y quién te dijo eso tan ridículo y tan cursi?

—Mi abuela. Aunque, a decir verdad, ella nunca salía de casa en primavera, porque le daba alergia.

Ambas reímos.

Ya estoy pronta a partir cuando Juliana señala hacia el interior del café donde está nuestro lema y dice:

—Quizás hoy, amiga.

—Quizás hoy.

Elizabeth

Amiga Kristina,

¿Me creerías si te digo que lo logré? Pues ¡sí! Aquí estoy, a unas cuantas millas de las garras de Padre y Madre, de su mansión, de sus criados, de sus reglas. Yo tampoco imaginé que lo lograría. Parecía imposible. Me escapé una noche, cogí un bus en la estación de Mastic, subí mis tres maletas, y partí. Ahora vivo en Harlem, en un cuarto que le rento a una vieja llamada Joanna. Es dominicana. Me cobra veinte centavos la noche. El edificio se cae a pedazos, y nunca sabes a cuál de los borrachos que viven aquí te vas a encontrar en las escaleras. Si al del segundo, al del cuarto o al del quinto. En medio de esta mierda, el departamento de la vieja Joanna, aunque estropeado y sucio, es una tregua. Tiene flores artificiales y animalitos de vidrio. También dos periquitos de color pistacho que chillan todo el día. La vieja no tiene dientes, es sorda y se pasa el día hablándole a una foto de Burt Lancaster mientras un transistor destripado rechina a su lado. Una tarde me dijo que había visto la muerte. Le pregunté cuál era su aspecto: «Espesa y deslavada como el humo de una locomotora», dijo. Al día siguiente uno de los borrachos amaneció muerto. Es tía de Renata, una chica dominicana que Madre contrató en Los Flamingos para que la atendiera mientras estuvimos de vacaciones en Acapulco. Por fortuna intercambiamos nuestras direcciones. Me salvó la vida. Además de este lugar donde vivo, me ayudó a conseguir un trabajo de medio tiempo como camarera en un hotel cerca de Penn Station. El ayudante del ayudante del jefe de personal también es tío suyo. Renata dice que todos quieren tener cerca a una blanquita como yo, y por eso las cosas no me han resultado tan difíciles como lo fueron para ella. Lo dice sin resentimiento. Esa es la impresión que me producen sus cartas. Me pagan treinta centavos el día, así que apenas tengo dinero suficiente para comer, y de tan delgada que estoy he adquirido una apariencia trágica que creo no me sienta nada mal. Pero lo más importante, querida amiga, es que me inscribí como oyente en Barnard College. ¡Schiller, Beckett, Eliot! No te preocupes si no sabes de quiénes estoy hablando. Lo esencial es que son poetas, poetas de verdad, y que me duermo leyendo sus versos. Anoche subí a la azotea añorando ver la muerte como la vieja Joanna. A la muerte no la vi, pero te juro que las luces de los edificios palpitaban en la oscuridad y eran más brillantes, más misteriosas y más irreales que las estrellas.

P. D. Si mis padres se ponen en contacto contigo, júrame por lo más preciado que tengas que no les dirás nada. Júramelo. No le hables de mí a nadie y después de terminar esta carta, quémala.

18 de enero de 1946

Amiga Kristina,

Tengo una fiebre que me ha tumbado en cama. Y mientras intento bajarla con toallas mojadas, la vieja Joanna no detiene su cháchara. Habla, habla, habla, y como no oye, no hay cómo callarla. Hoy su hija ha venido a limpiar y a dejarle comida. Creo que también la bañó. Ya olía a gato muerto. Leo una página de Eliot y los dedos se me quedan pegados en las hojas, tanto me hace sudar la fiebre. Duermo sin descansar y me suenan las tripas. Los periquitos en la sala gritan como si los estuvieran matando.

Tal vez todo esto es un error. Tal vez mi destino es jugar tenis, leer a D. H. Lawrence, caminar en los bosques esterilizados de sus novelas y presenciar cómo Padre y Madre se pasean por los salones del poder.

Por favor, Kristina, no se te ocurra decirles que estoy enferma. Tampoco a mi hermana Aline. A ella le encanta andar por la vida con esa imagen de chica desenfadada, pero conmigo siempre se comporta como si ella fuera de la policía secreta y yo una delincuente. Ya sabes, si hablas de mí una palabra, nunca más volveré a escribirte.

6 de febrero de 1946

Amiga Kristina,

El lunes por la mañana fumaba y leía *La montaña mágica* sentada en un banco del jardín de Barnard College, cuando el ayudante del gran George Tillinger se sentó a mi lado. Le llamó la atención que leyera en alemán. Le dije que era la lengua de mi abuela y que ella había sido la persona a quien más había querido en el mundo. Todo eso le dije, y Leonard Edelman se quedó mirándome como embobado. Seguro son mis huesos, cada vez más prominentes, cada vez más trágicos. Leonard me dijo que en primavera Thomas Mann vendrá a Columbia. Que me avisará. Luego se levantó, inclinó la cabeza y se fue. Intenté seguir leyendo, pero los pájaros piaban descontrolados y los árboles del parque, impúdicos en sus ansias de estallar, me desconcentraban.

Volví a toparme con él el martes y el miércoles en el pasillo. En ambas ocasiones se detuvo frente a mí, como si quisiera decirme algo, y luego de inclinar la cabeza, siguió caminando. Su andar es como el de una jirafa bebé y su aire de no encajar en ningún sitio me produce ternura. Recién hoy me habló. Me dijo que la próxima semana viene el presidente Truman a dar una charla a la universidad y me preguntó si quería acompañarlo. ¿Te das cuenta, Kristina? ¡Escucharé al presidente de los Estados Unidos! Leonard Edelman no es guapo. No al menos de la forma que nosotras solemos encontrar guapos a los hombres. Su nariz es huesuda y prominente, y la ropa que lleva le queda demasiado pequeña. Fuma sin cesar, y las solapas de su chaqueta están siempre cubiertas de ceniza. Además es mayor, debe bordear la treintena. Creo que está aún más desesperado que yo. Pero es dulce, apenas tiene el coraje de mirarme a los ojos, y no busca, como el resto de los chicos, atracarme contra una pared a mi primer descuido.

Te echo de menos, Kristina. Además de la vieja Joanna y Leonard, no he conocido a más personas. Me da miedo que descubran quién soy y termine de vuelta en Mastic. A Leonard no le importa que yo sea una prófuga social, por el contrario, le gusta.

El otro día divisé a una de las hermanas Dana. Creo que era Doris, la amiga de niña de mi hermana Aline. Caminaba junto al profesor Neider, un experto en Thomas Mann. Ella hablaba con vehemencia, moviendo las manos, y el profesor, con una sonrisa complaciente, la escuchaba. Se veía tan bella, tan diáfana, como si hubiera pasado por un filtro de pureza y lo que percibiéramos de ella fuese tan solo su espíritu. Aun así, no sabes el miedo que me embargó. Fue como si toda esa vida de la que intento huir me hubiera atrapado de vuelta con sus tentáculos. Pero también sentí un pequeñito deseo de acercarme a ella, de reconocer la mirada y el calor de un alma familiar. A veces, si he de serte franca, miro a las chicas que caminan despreocupadas, tomadas del brazo, y quisiera ser una de ellas.

P. D. ¿Estás quemando mis cartas después de leerlas como te pedí?

15 de febrero de 1946

Amiga Kristina,
Leonard me llevó ayer a un café en Broadway con la 101. No de aquellos donde suelen reunirse los estudiantes, sino uno donde había solo hombres viejos. Varios de ellos saludaron a Leonard. Nos sentamos en una mesa contra la ventana y pedimos café. Leonard abrió un libro y me leyó un poema de Auden. Por la ventana entraba el sol de invierno con tal intensidad que daba la impresión de que toda la luz de Nueva York se hubiera concentrado en nuestra mesa. Mientras Leonard leía, su mano libre cruzaba el halo de luz que atravesaba las calles y el ruido y la gente y todo aquello que se interpusiera entre nosotros.
Leonard está empecinado en que yo sea la mejor poeta de mi generación. Dice que tengo

talento, pero que me falta cultura, y sin cultura la poesía termina enredándose en sus propios pies y luego se hunde. Aunque puede sonar contradictorio, también me dice que escriba sobre mi experiencia, la de una chica aristocrática que ha decidido vivir con una vieja desdentada y sorda. Insiste en que no escriba cosas que no conozco, porque resultan impostadas, como lo son la mayoría de los poemas de los chicos de mi curso. Yo no estoy de acuerdo con él. ¿Por qué habría de hablar tan solo de aquello que me es familiar? ¿No es escribir una forma de explorar? Además, le expliqué, el lugar de donde surge lo que escribo está por debajo de lo que conozco y siento, en unas galerías subterráneas donde unos seres de piernecitas muy cortas van de un lado a otro buscando una salida hacia mi conciencia, y cuando uno de ellos lo logra, yo lo recibo ansiosa, porque sé que me trae algo que no conozco. Cuando le dije esto, Leonard cogió mi mano y besó mis dedos, como si yo misma fuera uno de esos mensajeros que llegaba ante su puerta. Después de pedir otro café y encender un cigarrillo, me dijo que no me preocupara de la métrica, que aquellas eran bobadas que coartan el espíritu. Él, el ayudante de George Tillinger, ¡el poeta de la métrica por excelencia! Por primera vez lo oí reírse. Reímos juntos. Me di cuenta de que me gustaba estar con él, de que me gustaba su risa, de que me gustaba todo lo que nos rodeaba, el sol, el aroma a café y la esperanza que se asomaba en sus ojos adultos para mí. Y sentí miedo. Porque lo que he visto en mi sucinta y limitada vida es que aquello que te hace feliz es también lo que te hace desdichada.

19 de febrero de 1946

Amiga Kristina,

Ayer caminamos por Central Park y durante todo el camino Leonard no me habló. Tampoco cuando nos sentamos frente a la laguna. A unos metros de nosotros, un par de viejos avistaban los pájaros con binoculares. Uno de ellos tenía unas mechas blancas y largas que salían como malezas de su cabeza. Los pájaros se sumergían en la laguna y luego volaban, dejando estelas de agua y luz. Leonard, sosteniendo sus rodillas entre los brazos, los observaba en un silencio lejano. «Cuéntame más de tu madre», me dijo sin mirarme. A Leonard le gusta que le hable de Madre, dice que le parece una mujer singular, y que si tuviera el talento de Fitzgerald, escribiría una novela con ella como personaje principal. Yo le digo que Madre solo podría ser un personaje de Poe, con sus ataques de ira, su obesidad mórbida, y el miedo que sentimos todos de que un día papá la deje para siempre. Pero ayer, en el parque, a pesar de que él mismo me lo había pedido, mis palabras caían en un pozo sin fondo.

Y yo, a pesar de mis esfuerzos por traernos a ambos a la luz, me hundía en ese pozo, por donde intuí podría seguir cayendo el resto de mi vida. El parque había de pronto perdido perspectiva y semejaba un telón. En cualquier instante alguien lo echaría abajo. Tenía frío. Pero no, no hacía frío. Era yo. Golpeé su pecho: «Qué te pasa, Leonard». Mi voz sonó desesperada. Él cogió mi mano y la apartó. «Nada, no pasa nada», me contestó sin mirarme. «No se trata de ti, se trata de mí.» Luego, con un gesto brusco encendió un cigarrillo, se levantó y echó a andar por el sendero de grava. Yo lo seguí. Caminamos así, él adelante y yo unos pasos más atrás hasta que salimos del parque. ¿Es el amor acaso una forma de ser infeliz?, me pregunté mientras mis tacos sonaban huecos contra la acera. En la 119 nos despedimos como dos desconocidos.

Temo no volver a verlo, Kristina. Y la sola idea me produce un temor más grande que todos los temores que he sentido nunca.

Margarita

Después de terminar nuestro café, camino apurada de vuelta a la Biblioteca Butler en busca de alguna pista que me permita identificar a la mujer que vio Juliana ese 4 de mayo de 1946. Nunca imaginé que pasaría el día de mi cumpleaños entrando y saliendo de una biblioteca. Frente a la catedral de la calle Amsterdam, hay una mujer echada contra un muro. Su cabeza y parte de su torso están ocultos dentro de una caja de cartón, de donde emergen sus pies desnudos y sucios. Las personas pasan frente a ella mirándola sin verla, avergonzados tal vez de su impúdico infortunio. No hay nada que le resulte más obsceno al mundo que la exposición de la desgracia. Unos zapatos de hombre recién lustrados y sin cordones están a un costado de la caja. Me pregunto de quién serán. Me acerco a ella y le dejo unos dólares. «Thank you, may God be with you», dice en un educado inglés desde el interior de su cubil. Y mientras me alejo de ella, pienso que tal vez se trate de una científica, una poeta, una mujer que un día erró un paso y no hubo nadie para ayudarla. Como Sylvia Plath que abrió la llave del gas y metió la cabeza en el horno, como Alejandra Pizarnik que se tomó una sobredosis de barbitúricos, como Alfonsina Storni que se internó en el Atlántico, como Anne Sexton que encendió el motor de su coche en el garaje y se sentó a esperar la muerte, como Alina Reyes que se cortó las venas en una bañera, como Antonieta Rivas Mercado que se pegó un tiro con la pistola de Vasconcelos en la catedral de Notre-Dame, como Virginia Woolf que se internó en el río Ouse con piedras en los bolsillos, como Francesca Woodman que saltó por la ventana de un loft del Lower East Side de Manhattan, como la chica sin nombre que ingirió cianuro en el baño de un centro comercial de Santiago. Como Violeta Parra que se dio un tiro en la cabeza.

I am awake in the place where women die[*]

Antes de entrar en la biblioteca me compro una Coca-Cola en una máquina, y de pie ante las monumentales puertas del conocimiento, marco el número de mi hija Catalina. Sé que no debería llamarla —me habló por la mañana para desearme feliz cumpleaños— pero de todas formas lo hago. Qué más da. Me contesta apurada.

---

[*] Estoy despierta en el lugar donde las mujeres mueren.

Mi agitado estado de ánimo debe traslucirse en mi voz:

—¿Estás bien, mamá?

—Sí, sí.

—¿Estás segura?

—¿Por qué preguntas?

—No sé. Se te oye rara.

—Sabes que te quiero mucho, ¿verdad? —le digo en un arranque de sentimentalismo.

—Mamá, te pasa algo.

—Ya sé, no es mi estilo decir estas cosas, pero a veces dan ganas. Después pasa el tiempo...

—Es cierto. Yo también te quiero, mamá. ¿Hablamos en la noche?

—Claro —replico, sabiendo que no lo haremos, que no me llamará, que estará ocupada con los niños, con su marido, o con algún compromiso de su vida santiaguina. Yo tampoco la llamaré. Es así. Los segundos se suman a los minutos, pasa el tiempo.

Me tomo el último sorbo de Coca-Cola con la misma intensidad con que algún día me despediré de la vida. Tal vez para obviar el hecho de que estoy a punto de desaparecer. Quiero detener al primer bípedo que pase por mi lado y preguntarle si le parezco atractiva, si soy en efecto una mujer, una hembra, o solo un animalejo sin raza ni género que nadie ve ni siente, apostada en una estación sin nombre. En lugar de eso abro con tranquilidad mi billetera y guardo las monedas que me ha devuelto la máquina de bebidas. Es entonces cuando encuentro el boleto de metro donde la madre de Anne anotó su número de celular. Lo había olvidado. También lleva escrito su nombre: «Lucy». Vi a su hija Anne durante más de un año varias veces al día. Sin embargo, la imagen que tengo de ella es difusa, estática, unidimensional. ¿Fue Anne, por voluntad propia, o fuimos nosotros los que pasamos día a día frente a ella sin verla, quienes la volvimos invisible?

¿Acaso las personas desaparecen para que alguien las vea?

En un impulso, marco el número de su madre. Me responde con una voz práctica, neutra, como la de las telefonistas que trabajan recibiendo pedidos a domicilio. Le explico quién soy. Oigo que enciende un cigarrillo.

—¿Ha sabido algo de Anne?

—Anne leía un libro, Lucy —le digo.

—Leía un libro, ah.

Puedo distinguir su tono decepcionado. De seguro esperaba una información más sustancial.

—Un libro que se llama *Cómo desaparecer en América sin dejar rastros*. Lo tengo conmigo. Creo que debería verlo. Tal vez podemos encontrarnos en algún lugar. Yo tengo tiempo —tiempo es lo único que tengo, pienso—. Puede ser hoy.

Acordamos reunirnos en su departamento a las seis y media de la tarde. Me da la dirección y

cortamos. No está muy lejos, en la 146 con Broadway.

It can be startling to see someone's breath [*]

Entro en la biblioteca y me siento frente a una
computadora. El encuentro de Juliana con la mujer
misteriosa ocurrió hace más de sesenta años. Busco fotografías de aquellos tiempos. Es un mundo
en blanco y negro, miserable y a la vez paradójica-
mente glamoroso. Reúno la escuálida información
que tengo: una mujer leía en voz alta en un parque,
olía a limpio e inventó la existencia de un gato perdido para animar a una niña. Intento varios caminos. Los que el instinto me va poniendo por
delante. Todos inconducentes. Un hombretón con
pelos en las orejas se ha sentado frente a mí. Yo lo
ignoro, él me ignora. O tal vez debería ponerlo al
revés: él me ignora, yo lo ignoro. Llegado un punto
ya no sé por dónde buscar. Miro el dibujo del cántaro en mi celular, tan chileno en su apariencia. ¿Y
si la mujer hubiese sido de Chile? ¿Pero qué hacía
allí una chilena hablando sola en 1946? De pronto
recuerdo algo crucial. Lo primero que te enteras
como chileno cuando pisas Columbia es que aquí,

_____

[*] Puede ser sobrecogedor presenciar el aliento de alguien.

en el Instituto Hispánico, se publicó por primera vez *Desolación* de Gabriela Mistral. Antes incluso que la poeta fuera publicada en Chile o en cualquier otro país de habla hispana. Continúo buscando. Y lo que encuentro sobrepasa todas mis expectativas de investigadora de pacotilla. Salgo afuera. El sol después de la lluvia se estrella contra los muros blancos de la Biblioteca Butler y me ciega. Una chica de zapatillas floreadas tironea a quien debe ser su novio para que suba las monumentales escaleras mientras se hace selfies. Busco un lugar en el césped bajo un árbol y llamo a The Hungarian Pastry Shop. Me responde una mujer de voz hilada por el humo de demasiados cigarrillos. Pregunto por Juliana. Al cabo de un par de segundos está en el teléfono. Como es un poco sorda, tengo que gritarle.

—Juliana, ¿crees que la mujer puede haber sido chilena como yo?

—Noooooo, jamás —me dice—. Tú hablas mal y ella, ya te dije, hablaba bonito. ¿Para eso me llamaste?

—¿Estás segura?

—Absolutamente, Margarita.

—Escúchame bien. Tres días después de ese encuentro tuyo, el 7 de mayo, una poeta chilena muy importante, Gabriela Mistral, dio una charla en Barnard College, a media cuadra del parque.

—¿Tres días después?

—Sí.

—¿Y qué hacía ahí tres días antes?

—Practicando el discurso.

—¿Tres días practicando el discurso?

—Mmhh... tienes razón, no tiene mucha lógica.

—No la tiene. Y ahora tengo que cortarte. Tengo unos bollos en el horno.

—Parece que hoy tampoco ocurrirá el milagro —señalo, no del todo derrotada, pero avistando ese destino.

—Todavía no ha terminado el día —me responde y cuelga.

Me quedo con el celular en la mano mirando a la chica y a su novio —a quien ya ha amaestrado— en la cima de las escaleras en su cruzada de selfies.

Aún tengo tiempo de hacer algunas averiguaciones antes de reunirme con Lucy. Si la charla de Gabriela Mistral fue en Barnard College, es en la biblioteca de esa escuela donde tengo que buscar los detalles. Cruzo Broadway y en unos pocos minutos estoy frente a un computador de la sala donde se ha instalado una biblioteca provisoria mientras hacen reparaciones en la verdadera. Al cabo de un rato encuentro una serie de documentos que aluden al evento, aunque el texto de la charla en sí mismo no está disponible. Documentos como el programa, la lista de invitados, varias cartas que fueron y volvieron para concretar la visita, papeles insustanciales que ahora son parte del legado que dejó su albacea, Doris Dana, al college. No encuentro nada que me conduzca a confirmar que la poeta, tres días antes de su charla, estuvo en las proximidades de Barnard College, que se encontró con una niña dominicana en un parque, y que le cambió la vida. Sin embargo, sin embargo... tampoco hay evidencias de lo contrario.

Elizabeth

22 de febrero de 1946

Amiga Kristina,

El lunes paseábamos por Broadway, Leonard y yo, y por primera vez me recitó un poema suyo. Hacía alusión a una despedida. Pensé que había encontrado la forma perfecta de deshacerse de mí. Siempre he sabido que a la distancia mi ser emite cierto destello, un brillo que, al conocerme, resulta ser tan solo un espejismo. Por eso, desde el primer día he sabido que serían tan solo semanas, días, horas antes de que Leonard lo descubriera. El momento había llegado. Mi puerilidad y mi estupidez habían quedado al descubierto. Era incapaz de hablar. Él tampoco pronunció palabra. Seguimos caminando sin rumbo por un mundo de nadie, frágil, inestable y triste. Al cabo de un rato, con una expresión acongojada, me preguntó si me había disgustado su poema, si no era lo suficientemente bueno, si esperaba más de él. Yo le dije que no, que no era eso. Y me besó. Nuestro primer beso. Cuando sus labios se separaron de los míos, pensé que ya nada de lo que ocurriera en mi vida tendría sentido si no estaba mediado por un beso suyo.

Supe que los besos son como el conocimiento. Ambos, una vez que llegan, permanecen en ti y quieres más. La conciencia y el cuerpo no olvidan y son insaciables.

Han pasado varios días desde entonces. Ahora nos hemos besado mucho más, cada vez que podemos. Es una forma de locura.

26 de febrero de 1946

Amiga Kristina,

Me inscribí como oyente en un curso sobre *Orgullo y prejuicio* con E. K. Brown, un connotado profesor. La novela comienza así: *Es una verdad mundialmente reconocida que un hombre soltero, poseedor de una gran fortuna, necesita una esposa.* Una chica mexicana que se sienta siempre al fondo de la sala preguntó: «Señor, ¿me permite un alcance?». El profesor Brown, con su circunspección elefantina, asintió apenas. Entonces ella dijo: «En español hay otro tema aquí. La palabra "esposa" tiene dos acepciones, la de una mujer que ha contraído matrimonio y también la de las argollas que se usan para apresar a alguien. Esposar, en español, es sinónimo de atar, inmovilizar, aprisionar. En esta línea de pensamiento, podríamos darle un sentido más moderno al texto de Austen, como por ejemplo que un hombre con "medios suficientes" puede conseguir una mujer para esposarla a los pies de su cama para el resto de su vida». Todos reímos, incluso el profesor Brown.

También me inscribí en una charla que viene a dar Elder Olson el próximo mes. Estoy leyendo su obra. Publicó su primer poemario, *Thing of sorrow,* a los veinticuatro años. En uno de sus poemas habla de la luz como si fuera lluvia. Es una imagen tan bella que después de leerla tuve que salir de mi cuarto y caminar con el corazón agitado, imaginando que Leonard aparecería en algún recodo de la calle, una lluvia de primavera nos arreciaría desde el bajo de Manhattan como luz, y entrelazados nos derrumbaríamos en la acera de tanto amor. De vuelta, me torcí un tobillo y caminé descalza las últimas cuadras apoyándome en las rejas y los muros. Mi apariencia debe haber sido la de una borracha o una demente. Pero no me importó que la gente me mirara con desprecio. Sentí que entraba en otra dimensión. Una en la que era libre. Podía, si quería, sentarme despaturrada en la acera a mirar las estrellas, las sombras en las ventanas y los aleros de los tejados recortándose en el vacío, porque todo lo que hiciera sería parte de la borrachera poética que me habían otorgado los poemas de Elder Olson. Cuando llegué, la vieja Joanna lloraba en silencio frente al transistor encendido mirando la foto de Burt Lancaster. Tocaban una canción de Cole Porter. No creo que pudiera oírla. Mi primer pensamiento al verla allí postrada no fue intentar consolarla —¡qué vil es la juventud!—, lo que pensé fue que mi deber era vivir pronto, todo, todo, antes de que la desgracia inherente a la vida me atrapara.

28 de febrero de 1946

Amiga Kristina,

He vuelto a tener fiebre. La hija de Joanna que trabaja en un hospital me trajo medicinas. Dice que me pondré bien, pero que mejor sería que volviera a casa. Pegado a mi ventana, el muro del frente impide cualquier atisbo de luz. Echo de menos a Leonard. Conjuro su presencia cada minuto del día como los creyentes invocan la manifestación de Dios. Soñé que Madre se arrojaba por una ventana justo en el instante en que yo cruzaba la acera, y caía sobre mí. Me desperté sudando aún más profusamente. No sabía si llorar o reír. Lloré un poco, pero al final terminé riéndome como una loca. Imagínate el cuadro: yo aplastada bajo los ciento veinte kilos de Madre. No se requiere ser un freudiano versado para entender el sentido del sueño.

2 de marzo de 1946

Amiga Kristina,

Ya estoy mejor, pero no lo suficiente como para volver a clases. Ayer por la tarde, la hija de Joanna vino con su novio, un hombrón negro a quien por milagro la vieja oía de maravillas. A los pocos minutos de que llegaran, apareció Leonard. Yo no podía creerlo. Mis conjuros lo habían alcanzado. Me traía de regalo un pañuelo de seda con flores estampadas que debió costarle muchísimo. Me lo até al cuello y él me besó. Luego, entre todos ayudamos a subir a Joanna a la azotea. Se me había olvidado mencionarte que tiene una pierna el doble de gruesa que la otra. Tomamos cerveza mientras el sol fue bajando entre los tejados hasta desaparecer. Por primera vez bebíamos juntos Leonard y yo, y se sentía bien. Leonard acomodó su chaqueta sobre mis espaldas y pasó su brazo por mis hombros. El aire se abría ante nosotros como las promesas del reverendo Smith que tanto nos hacían reír, ¿recuerdas? Me parece que a la vieja Joanna y a su hija no les gustó Leonard. Seguro piensan que es muy mayor para mí. Pero no voy a hacer de sus preocupaciones las mías. Suficiente tengo con las de mis padres.

Los tres bajaron al piso de Joanna y nosotros nos quedamos en la azotea. La luna se asomaba en el fondo. Pensé en los millones de personas del mundo que estarían, como nosotros, besándose y amándose bajo la luz desenfadada de esa misma luna.

9 de marzo de 1946

Amiga Kristina,

Leonard rentó un cuartito en una residencia de estudiantes y todos los días nos reunimos allí las últimas horas de la tarde. El primer día lo llenó de flores frescas para recibirme. Entre las flores encontré un poema de Eliot que él había transcrito para mí. *Vayámonos entonces, tú y yo / cuando la tarde se extienda contra el cielo / como un paciente adormecido sobre una mesa por el éter; / vayámonos, a través de ciertas calles semidesiertas, / refugios murmurantes / de noches inquietas en hoteles de paso / y merenderos cubiertos de aserrín y conchas de ostras.* Lo leí varias veces, y las palabras se asentaron en mi corazón, hundiéndolo. Sentí la soledad del texto, que era tal vez la soledad de Leonard, su tristeza ante la fealdad de la vida. Entonces lo abracé, le susurré las primeras palabras del poema al oído, *tú y yo, tú y yo,* cinco, diez veces, luego caímos sobre la cama e hicimos el amor. Nos quedamos un buen rato abrazados, hasta que la luz desapareció de nuestra ventana. Él volvió a Brooklyn, donde vive, y yo a casa de Joanna. Pero todo había cambiado.

Amiga Kristina,

Ayer pasamos por primera vez la noche juntos. Me dijo que probablemente nunca volviera a repetirse. Sonaba tan afligido cuando pronunció estas palabras que no le pregunté por qué. Es extraño, ¿sabes?, a pesar de su exultación, el sexo produce tristeza. Tal vez porque tocas algo que sabes efímero, que sabes desaparecerá apenas los cuerpos se desprendan y cada uno vuelva a ocultarse dentro de su carcasa. Cuando ambos, recostados sobre la cama, fumábamos un cigarrillo, me pidió que le leyera algunas páginas de mi diario. Él sabe que lo llevo siempre conmigo. El cuaderno de tapas de cuero que me regaló mi hermana Aline. «Para que te saques toda esa basura de la cabeza», me dijo con su acostumbrado desprecio, como si necesitara manchar sus buenas acciones para asegurarse un lugar en el infierno. Le leí un poema y él me escuchó con una atención que nunca nadie me había prodigado. Me entristeció haber llegado a los diecinueve años sin que alguien me hubiese visto de verdad, pero seguí leyendo, hasta que él me interrumpió en la palabra «deslumbramiento». Nos quedamos un buen rato hablando de ella. Nunca me había detenido a pensar en lo que significa realmente. A veces las palabras son como uno de esos lugares que frecuentas una y otra vez, y que al final terminas no viendo. Según Leonard, mirar, tomarse el tiempo y pensar sobre el significado de las cosas, es todo lo que tenemos. ¡Si vieras nuestra cama! Es tan pequeña que debemos hacernos un enredo de piernas y brazos, o montarnos uno sobre el otro para entrar en ella, lo que, si he de serte franca, no me resulta en absoluto inconveniente. Sé que prometimos hablarnos de sexo cuando una de las dos tuviera la suerte de experimentarlo. Pero el sexo no es para ponerlo en palabras, no sé, yo creo que si intentas explicarlo lo deshaces en lugares comunes y, aunque vengamos practicándolo desde el comienzo de los tiempos, te prometo que no tiene nada de lugar común. Después Leonard abrió la ventana de guillotina que da a la calle y entró el aire de la noche. Un letrero luminoso de Camel arrojaba sus destellos amarillos sobre la acera, un Cadillac negro enfilaba con sus alas hacia el downtown y un hombre cruzaba la calle arrastrando un bolso de marinero. Leonard y yo estábamos desnudos. *Vayámonos a través de ciertas calles semidesiertas, refugios murmurantes de noches inquietas...* Leonard aulló y yo lo seguí. Nos reímos hasta la madrugada, aullando los dos como lobos en la ventana.

Margarita

A las 6.25 p.m. estoy frente al número que me ha dado Lucy. Es un edificio de piedra rojiza en cuyo frontis hay una diminuta peluquería llamada Paradiso. Miro por la ventana: cepillos, peinetas, tocados, bigudíes, tijeras, redecillas, brillantinas, horquillas, secadores, tenacillas para hacer rizos, frascos y potes de diversos tamaños, todo en perfecto orden, como en la casa de muñecas de una niña obsesiva. Entro, suena una campanilla. Lucy, con un delantal atado a la cintura, barre el piso. Al verme, deja el escobillón y me extiende la mano.

—Gracias por venir.

Bajo una mesa, un gato naranjo del tamaño de un zorro se soba la nariz con los ojos cerrados. Varios aromas dulces se entremezclan, se disgregan y se quedan suspendidos en el aire como serpentinas. Lucy no trae el maquillaje pesado ni el vestido ceñido de la vez anterior. Su apariencia ahora es más natural pero igual de llamativa.

—Margarita, ¿verdad?

—Sí, Margarita. Como el drink.

Lucy esboza una sonrisa.

—Bien que nos vendría. ¿De dónde es usted?

—De Chile.

—Hay un chileno que vive aquí.

—¿Ah, sí?

—Venga, venga.

Se saca el delantal, lo dobla en cuatro, lo guarda en un cajón y me coge del brazo.

—Topo, ven —llama al gato-zorro.

Abre una puerta en la pared del fondo que está oculta tras un viejo espejo ovalado estilo Luis XV. Me detengo un segundo y me doy una vuelta sobre mí misma. El espejo tiene el don de hacerte ver al menos diez kilos más delgada. Me siento de inmediato reconfortada. Lucy nota mi delectación.

—Hay clientas que vienen tan solo a mirarse en ese espejo —me dice.

Atravesamos la puerta y ante nosotras se abre un largo pasillo iluminado por bombillas desnudas que desemboca, muy al fondo, en un claro de luz natural. Topo, con un andar perezoso y altivo, nos adelanta. De una de las puertas del pasillo se asoma una vieja que debe tener a lo menos cien años.

—Lucy, algo le pasó a mi televisión —dice con voz lastimosa.

—¿Me espera un segundo? —me pide Lucy.

Mientras la aguardamos, Topo se soba el lomo en mis piernas y, para mi sorpresa, no me resulta desagradable. Dos chicos pasan frente a nosotros sin vernos; una mujer deja una bolsa de basura en el pasillo; un hombre en calzoncillos abre su puerta rascándose los testículos, mira a lado y lado y luego la cierra.

—La tele de Celeste murió —nos anuncia Lucy a los pocos minutos.

Frente a la puerta donde he visto al hombre en calzoncillos, Lucy se detiene y toca el timbre.

—Joselino, anda al Deli de la esquina y compra una botella de tequila y medio kilo de limones —le encarga en un precario español. De un banano que lleva atado a la cintura saca unos dólares y se los entrega—. Y después nos preparas uno de esos, ya sabes, anda, ya...

Sin decir palabra, el hombre recibe el dinero y ahora, rascándose el trasero, desaparece tras la puerta.

—Joselino es el chileno —me dice en un susurro—. Se pasa el día tejiendo. Hace calcetines y chalecos con unas lanas que le manda su madre desde Chile. Pero ya sabes, según él, es pintor —me cuenta haciendo círculos con el dedo índice a la altura de su sien.

Me coge del brazo y el gato-zorro-topo maúlla. Seguimos caminando por el pasillo hasta el fondo. Nos detenemos frente a la última puerta y me invita a entrar. Es un departamento tan diminuto como su peluquería. Una cama, un sillón, una cocinilla a gas, dos sillas, una mesa, un biombo con un paisaje japonés y la cama destripada de Topo constituyen todo el mobiliario. Aun así, el espacio resulta conmovedoramente acogedor. Tal vez es la ventana, a través de la cual un árbol despliega sus ramas cargadas de hojas de un verde pálido. También el aroma a bosque, casi real, opuesto a esas fragancias envasadas que se encuentran en los supermercados. Me pregunto cómo lo logrará.

Me pide que me siente en el sillón y ella desaparece por otra puertecita oculta, esta vez tras el biombo japonés. A las 6.45 en punto suena mi celular. Es Jorge. No estoy segura de querer contestarle. Repiquetea varios segundos y luego se corta. Vuelve a sonar. Respondo.

—Hola.

—¿Margarita? —pregunta.

—¿Y quién más podría ser? Me llamaste tú, ¿no?

—Es que ese «hola» tan centroamericano me confundió —dice él.

Guardo silencio.

—¿Estás ahí?

—Claro que estoy aquí —empiezo a divertirme.

—Es que como no te encontré en casa y ya son más de las seis...

—Tengo algunos asuntos que resolver —experimento una alegría descabellada y violenta.

—¿Asuntos?

—Sí, asuntos, Jorge, asuntos personales.

—Ah.

Una pizca de compasión se cuela en mi euforia y agrego:

—No te preocupes. En el refrigerador dejé un pollo arvejado. También hay arroz de ayer. No me esperes.

—¿Estás segura? ¿Pasa algo? ¿Las niñas están bien?

Savor kindness, because cruelty is always possible later [*]

—Todo bien, no te preocupes, Jorge. Apenas termine aquí, me voy a casa.

No especifico cuál es ese «aquí», ni le doy pie para preguntármelo.

—Ok —dice.

———

[*] Saborea la gentileza, porque la crueldad siempre es posible más tarde.

Doris

Lava el vaso, lo seca, lo mira a trasluz en la ventana de la cocina, abre la botella de bourbon y vierte un generoso chorro que sella con jugo de naranja. Sí, este es el día. Con el calor del cuerpo de Aline aún pegado al suyo. No le ha comentado a Gabriela lo que intenta hacer. Teme que al poner sus ideas en palabras para ella, estas se deshagan, se vuelvan insustanciales, como todo lo que surge de su cabeza siempre confundida, siempre incendiada. A veces se ve a sí misma como esos hombres y mujeres que se empapan en parafina, se prenden fuego y, ardiendo, corren de un lado para otro mientras sus cuerpos se consumen en llamas.

Intenta escribir una obra de teatro sobre dos ancianas en Nueva York. En «el monstruo helado», como denomina Gabriela a la ciudad cuando la acusa de alejarla de ella.

Sueña con que sea representada en Broadway o en el General Electric Theatre. Un sueño que se concede cuando el bourbon se lo permite. Por ahora son solo ideas, destellos que crecen, seres que transitan en su conciencia, que aparecen y luego corren a perderse como si jugaran a las escondidas, tentándola a salir en busca de un jirón de sus vestidos, de un furtivo tacto de su piel, lo que sea que permanezca en ella y que luego se ensanche, se llene de algo más que de aire y anhelos. Se sienta a la mesa del comedor frente a su vaso, y comienza a escribir.

«Yo no debiera estar aquí, aguardando algo que, de ocurrir, destruiría la miserable vida que llevo, y de no ocurrir, me arrojaría de vuelta a la incertidumbre.»

¿Pero quién es esta mujer? ¿Cuál de todas las que ha imaginado? Tal vez se trata de ella misma. Es lo que diría el doctor M, y estaría en lo cierto. Sí, es ella aguardando a Gabriela Mistral sentada en una banqueta del jardín de Barnard College ese 7 de mayo de 1946. Llegó temprano para alcanzar a hablarle un par de palabras antes de que el resto de los oyentes se arremolinara en torno a la poeta. Se había vestido con una blusa blanca y una falda negra de ruedo amplio, un atuendo que le daba un aire sencillo y pulcro, como imaginaba le gustaría a Gabriela. Imaginaba tantas cosas. Su imaginación había sido siempre su ventaja sobre las demás chicas, y a la vez su maldición. Recordó a Aschenbach —para ella el personaje más conmovedor de Thomas Mann—, obnubilado ante la visión de Tadzio correteando entre las olas con sus piernas esbeltas, su rostro pálido y templado echado hacia atrás, sus rizos mojados, y luego la necesidad de Aschenbach de aplacar, repugnado, la descarga pasional que esas imágenes desataban en él. Había venerado a Mann por revelarle los intrincados caminos que se podían tomar para lidiar con las pasiones prohibidas. Siempre se podían disfrazar con el cándido ropaje de algún sentimiento místico, como lo hacía Aschenbach. Los poemas de Gabriela Mistral también poseían esa pasión encubierta.

Esa tarde la vio pasar, ya rodeada de sus admiradores, y se levantó de un salto. Alzó la cabeza realzando su cuello, ese que sabía largo y delicado, y se quedó ahí, observando el porte notorio y a la vez desgarbado de la poeta. Fue entonces cuando vio la angustia en sus ojos y perdió el valor para acercársele. Tiempo después sabría que Yin Yin, su niño, se había suicidado y que Gabriela desde entonces vivía en la oscuridad. Siguió a cierta distancia a su séquito y se sentó varias filas más atrás del podio. Gabriela habló de la industria del odio y del vicio intelectual, y sus palabras, que llegaban envueltas en esa voz rústica que después tanto amaría, se desplegaban ante sus sentidos en múltiples formas, todas simultáneas, como en un caleidoscopio. Desde el techo caía una gota parda, proveniente tal vez de alguna cañería rota. Soltaba su golpe diminuto sobre el dorso de su mano, esa mano que aguardaba nerviosa a que la vida se pusiera en marcha, que Gabriela Mistral levantara los ojos de su texto y viera a la joven de rostro pálido y apasionado —como el de Tadzio— que se había vestido para ella. Existía en esa mujer mayor, de apariencia tosca, algo más puro y a la vez más complejo que todo lo que hasta entonces había conocido. Fue eso lo que deseó poseer aquella tarde.

Margarita

Lucy aparece con una jarra y dos copas.

—Antes de dedicarse a tejer calcetines, Joselino era barman y preparaba las mejores margaritas de Nueva York.

—¿Y usted llegó a su departamento por ahí? —le pregunto intrigada, señalando el biombo por donde desapareció y apareció después.

—Esto es un laberinto, querida, cualquier puerta te puede llevar a cualquier lugar —dice Lucy y suelta una carcajada—. Ya sabe, como en la vida. ¿Me acompaña?

Salimos al pasillo y caminamos hacia un pequeño y descuidado jardín que sobrevive en medio de los edificios de cemento. Me hace pensar en una balsa hundida en el fondo del mar. Nos sentamos en unas sillas de fierro cuyos cojines parecen haber sido el festín de una comunidad de ratones. En lo alto, desde alguna de los cientos de ventanas, suena el punteo de una guitarra eléctrica. Alguien estornuda tres veces, un pájaro de cabeza azul se posa en una rama del único árbol, el gato-zorro-topo se soba quién sabe qué, y Jorge se lava los dientes en el baño mientras tararea la canción de una película de Tarantino. Es siempre la misma, *I'm a long time woman / And I'm serving my time / I've been locked away so long now / I've forgot my crime*. Jorge se saca la camisa y la arroja al canasto de ropa sucia; delante del espejo se pasa el dedo por las encías, *Hmm, hmm, hmm / doo, doo, doo,* se pone una camiseta vieja y se sienta en su sillón frente a la ventana a leer, satisfecho de haber recogido algún piropo —aunque sea del suelo—, una mención en algún *paper,* la mirada de una chica o de alguna colega detenida más de un segundo sobre él, lo que sea que alimente su voraz e inestable «yo». El cielo se ilumina y despliega sus mejores colores antes de clausurar. Nosotras, Lucy y yo, tomamos un sorbo de margarita y entrechocamos nuestras copas.

—¿Tiene el libro? —me pregunta de pronto, cambiando de expresión, como si la cortina por fin se hubiera echado, y ahora, tras las bambalinas, comenzara la verdadera función.

—Sí, sí... —afirmo sacándolo de mi cartera. Lucy lo toma y lo mira por lado y lado como si fuera un artefacto extraño.

—¿Qué dice? —me pregunta.

Le cuento más o menos lo que he leído. Lo de no dejar huellas de pelos, piel ni sangre, lo de buscar trabajo en las granjas, en las tribus de navajos y ser amable con las personas que encuentres en el camino, lo de internarte en un bosque y vivir a la

---

* Soy una reclusa / y estoy sirviendo mi condena / He estado encerrada por tanto tiempo ya / que he olvidado mi crimen.

intemperie. Me salto los detalles escabrosos, como la posibilidad de terminar en una zanja, congelada o putrefacta, y descubierta por un perro.

—Dios mío —dice Lucy y toma un trago largo de su margarita—. No sé, no sé, no imagino a Anne en ninguno de esos lugares de los que usted habla, tampoco me imagino que esté huyendo de algo o de alguien. Que yo sepa no tiene novio. Cuando era niña, me odiaba. Odiaba la peluquería, el olor a champú, todo lo que yo hacía. Pero sobre todo me odiaba por no haberle revelado nunca quién era su padre. Pero ya no, ya no le importa...

—¿Antes de desaparecer vivía aquí con usted?

—No, no. Ella vivía en un departamento que le daban en el edificio, ya sabe, donde usted vive. En el sótano. No tenía ventanas pero era limpio y cómodo, estaba bien ahí... sola, como le gusta, podía ducharse todos los días, tenía un trabajo, independencia, y nadie le exigía mucho más que ser ruda. Que es lejos lo que menos le cuesta en la vida —dice alisando el lomo de Topo.

—¿Y sabe cómo consiguió el trabajo?

—Anne no es idiota, es inteligente. Tenía las mejores notas de su curso.

Topo se escapa de sus brazos y ella se inclina para atraparlo. Hay una mezcla de orgullo y resentimiento en su voz. No sé si la inquina es conmigo, por dudar de las capacidades de su hija, o con Anne por ser depositaria de algo que ella hubiese querido poseer. Cierra los ojos y echa la cabeza hacia atrás.

*Your oldest fears are the worst**

Arriba, en el pedazo de cielo que está sobre nuestras cabezas, los últimos rayos de luz brotan de una hendedura que se abre entre las nubes. En un tono de inevitabilidad, monótono y a la vez firme, Lucy comienza a contarme.

_____

* Tus miedos más antiguos son los peores.

Doris

«Todas las personas que conozco, cada una de ellas, está viviendo ahora, en este preciso instante, simultáneo al mío. Tal vez camina, escribe, calcula, esquiva una poza, come una fruta, yace en una cama mirando una grieta en el techo, se sumerge en el agua helada de un río, tal vez ha sentido un súbito dolor en la rodilla o acaba de recibir una mala noticia, quizás piensa en mí o ha cerrado los ojos para no ver algo que le duele. No puedo saberlo. Pero lo que sí sé, de lo que sí tengo certeza, es que ese ser, quienquiera que sea, está sintiendo y pensando», escribe Doris.

Mira por la ventana. La tarde se ha apaciguado. El sol ya no arroja esos rayos que revelan las imperfecciones del mundo, esa luz que los neoyorkinos adoran y que a ella le da dolor de cabeza. Arranca la hoja de la máquina y lee el párrafo que ha escrito. Una más de sus digresiones, inútiles como ella misma. No logra concentrarse lo suficiente como para producir algo que cobre vida. Escucha la voz de Gabriela: *Cuídate como una materia preciosa, porque tú eres eso, vida mía. La gente estúpida no ha sabido mirarte y verte.* Y Gabriela, ¿ha sabido verla? A veces se siente tentada de preguntarle: «Chiquita, ¿me puedes decir quién soy, por favor?». Se ve caminando de la mano de sus dos hermanas por el Central Park. No tiene más de seis años. Hace frío, la helada arremete en los hierbajos y en las copas de los árboles. Su hermana mayor lleva un abrigo de piel y parece una estrella de cine en miniatura. Su padre, unos pasos más atrás, las filma. «No se vuelvan, caminen, así, de la mano, como tres muñequitas, bien, un poco más, yo las sigo...» Luego, el chocolate caliente con galletas de jengibre en el Ritz, y las señoras emperifolladas que les aprietan las mejillas y le coquetean a su padre, quien apenas las mira, porque él solo tiene ojos para ellas, sus muñequitas. Claro, eso fue antes de que una tarde entrara corriendo a su estudio a decirle que había un pájaro moribundo dentro de la casita de muñecas, y encontrara a una monada de la escuela secundaria con el vestido sobre las caderas y las manos de su padre puestas sobre sus nalgas.

Toma la hoja con ambas manos, la hace una bola y la tira a la basura. Faltan aún dos horas para que Aline la recoja. Se sirve otro vaso de bourbon, se echa sobre la cama y cierra los ojos. Cuando el alcohol alcanza su corazón, el tiempo se distiende, se ensancha y se asemeja a la estación sin límites de la infancia. Es ahí donde quiere estar. Junto a sus hermanas. Pero los pensamientos persisten e inoculan su veneno en el interior de su cabeza. Anoche Aline le contó que había conocido a su madrastra en un almuerzo en Mastic. Le molestó que hablara de esa mujer y de su padre. Siente que la felicidad de ellos se trasvasija en su madre en forma de dolor, como dos tubos comunicantes cuyo contenido en el camino se intoxica. Piensa en lo difícil que resulta hacer coincidir dos felicidades. La suya y la de Gabriela, por ejemplo. Podría intentar responderle sus cartas, pero sabe que todo lo que salga de su pluma en este instante será doloroso para Gabriela. La sola idea de ella le produce una punzada entre las costillas. Pierde fuerza. Otra vez esa sensación de caer a ninguna parte. Se cubre con el edredón que aún desprende el olor de Aline. Lo que le atrae de Aline, además de sus carnes tibias y jóvenes, es que, como a ella, le gusta ser la «femme» y ser también la «machona». Con Gabriela solo tiene un lugar, aquel que le adjudican su juventud y su veneración al genio poético. Un lugar que, siendo parte de la geografía secreta que comparten, está delimitado por la imagen que construyó de sí misma para ella. «La chica del diccionario», como la llama Gabriela, por su parentesco lejano con Noah Webster, autor del diccionario que lleva su nombre. Esa chica jamás podrá ser la machona para Gabriela.

La despereza el ruido persistente del timbre. Mira el reloj de pared. Son las cinco y diez de la tarde. Se levanta, se amarra la bata de seda y se mira en el espejo ovalado de su cuarto. Se lleva la mano al cuello. Su piel blanca y vegetal comienza a deshojarse. Pasa el tiempo... *Quisiera dormirme y despertar el día en que llegues. ¿Es cierto lo que hemos vivido? ¿Es verdad que yo voy a volver a verte con estos ojos de carne? ¿Con quién vives? ¿Con tu hermana? ¿Por qué yo estoy aquí?* El timbre continúa sonando, irritado. Un mandadero pecoso trae un ramo de narcisos blancos y amarillos con una tarjeta de Aline. Son los primeros del año. Los coge con cuidado y los coloca en un jarrón frente a la ventana. Se queda mirando la simpleza casi silvestre de los narcisos, y por un instante se siente bien, como si el mundo fuera obra suya. Se larga a reír. Es una risa agria, como el sabor que tiene en la boca.

YO SÉ, SÉ, que no hay torpeza tan grande como separarse. Es posible no verse más y es posible que nuevos intereses del alma penetren en uno de los separados. Eso es lo que, en nuestro caso, puede pasar contigo, contigo, CONMIGO NO, te lo aseguro, Doris Dana.

Ha llegado la hora de darse un baño. Tal vez el agua dulcifique lo poco que le resta de alma. Cuando el agua sale lo bastante caliente como para quemarle la piel, estira la mano y la posa bajo la llave. Quiere sentir dolor. Lo necesita. Piensa en los dolores de Gabriela. Los que lleva a cuestas y que ella desoye. Después del suicidio de Yin Yin, Gabriela estuvo nueve días en otro mundo.

Cuando volvió, le preguntó a su amiga Palma Guillén: «¿Quién era esa mujer que gritaba anoche como una loca?». «Tú», le respondió. «Esa mujer eras tú.»

Otra vez el timbre. Es Aline. Bajo su abrigo de castor ha traído una botella de champagne. Doris, envuelta en una toalla blanca, la hace pasar.

—Me estoy dando un baño —le dice. Aline arroja su abrigo en el sillón y la sigue.

—¿Te gustaron los narcisos, DG?

Es así como solían llamarse de niñas. DG y AK, por sus iniciales. Era la forma en que los hombres se dirigían unos a otros. Y ahora, ya adultas, suena igual de provocador. Sobre todo en Aline. Porque no sonríe cuando habla. Nunca sonríe. Aunque todo lo que diga tenga un tono irónico, un aire de descreimiento y pereza. Aline se sienta en el borde de la bañera. Su piel es lisa y sana, la piel de las mujeres que han recibido masajes y mimos. Aline le sirve una copa de champagne y le enciende un cigarrillo a flor de agua. El flequillo oscuro cortado en línea recta y los labios gruesos pintados de un rojo esplendente, exacerban su aire desafiante. Además, fuma como un hombre. Toma el cigarrillo entre su pulgar y el dedo índice, aspira concentrada y luego expulsa el humo con violencia y despreocupación. Brindan. Brindan por ellas, por el vapor que vuelve todo difuso y misterioso, brindan porque esa tarde remota en Mastic el padre de Doris no apretó el gatillo, brindan porque aún la juventud no las ha abandonado del todo, porque el mundo está lejos, porque sus familias no se hundieron en la Gran Depresión, brindan porque están vivas y se desean. No brindan por Elizabeth. La pobre Elizabeth. Tampoco por Gabriela. Doris curva la espalda y sus pequeños pechos emergen del agua. *Hace tiempo que yo no sueño. Por esto me siento ahora doblemente ciego, es decir, ciego de día y de noche.* Sus pezones rosados se comprimen y brillan como dos perlas. Aline roza su pezón derecho con la punta de los dedos, luego se inclina y pasa sobre él la lengua suavemente hasta que Doris lo siente latir, como un pequeño pájaro que despierta su cuerpo entero.

Margarita

LUCY: Concebimos a Anne bajo las estrellas en la ribera del lago Henderson. Qué palabreja esa, «concebir», pero en fin, usted entiende. Estoy segura de que fue esa noche. Lo cierto es que nunca supe de qué huían. Los dos eran demasiado educados para ser criminales. Roberto era cubano, venía de una de esas familias ricas que escaparon de Fidel. Y Lancelot, ah, bueno, él sí que lo sabía todo. Había estudiado en una universidad, una importante, no recuerdo cuál.

Yo: ¿Lancelot?

LUCY: Sí, Lancelot. Roberto y Lancelot. Iban de un lugar a otro y acampaban a la intemperie, pero andaban limpios y bien peinados, no se crea. De verlos, uno podría haber pensado que eran vendedores de electrodomésticos. ¿Por qué me enganché con Roberto? Yo creo que fue porque me gustaba la vida, ya sabe, las puestas de sol, las palmeras, las playas desiertas, esas cosas. Pero no para mirarlas en las postales, no, no señora, para hacer el amor bajo sus estrellas. Eso imaginé cuando vi a Roberto.

Yo: Tal vez Anne también salió en busca de la vida.

Lucy: Ah, no sé. No sé qué quiere Anne. Ella es diferente. Tiene educación. Puede hacer lo que quiera. Yo lo único que tenía era un buen par de tetas. Me hubieran servido de maravillas si hubiera querido ser puta, pero eso no era lo mío. Así que ahí estaba. Tenía veinte años y trabajaba en una peluquería apestosa en la calle 3.

Yo: ¿Su familia es de Manhattan?

Lucy: No, de Bel-Nor, un pueblo de Misuri que tiene mil quinientos habitantes. Ni se imagina lo que es vivir en un pueblo donde tu vecino se entera hasta del color de tus calzones. Pero Anne no está allá. Ya les pregunté a todos. Anne apenas conoce a mi familia, yo me fui a los diecinueve y no volví más. Papá es sacerdote de la iglesia presbiteriana y mamá murió.

Yo: Me contaba de Roberto y Lancelot.

Lucy: Ah sí. Bueno, yo iba todos los domingos a mirar a los patineros en el Central Park. No sé, me encanta esa libertad que ellos tienen. Cuando pasan a toda velocidad silbando con sus patines y saltan. Yo los miraba desde lejos, ¿sabe?, porque a veces agarraban a las chicas que estaban por ahí y las hacían volar con ellos. En eso estaba, comiendo un sándwich y tomando una Coca-Cola, cuando Roberto y Lancelot aparecieron. Se sentaron conmigo. Me contaron que iban camino a Texas y que estaban de paso. Eran muy muy simpáticos, se reían de sus propias bromas. Ese mismo día, mientras tomábamos unas cervezas, Roberto me invitó a que me fuera con ellos. Así, bien directo, «¿Te vienes con nosotros?». Y le voy a ser honesta, Roberto era bastante buenmozo. Pero de una forma, mmhhhh, cómo decirlo, como de fierro. Nada en él era suave, pero a la vez todo en él era convincente, ¿me entiende? Su forma de hablar, de moverse, eran las de alguien que sabía hacer las cosas. Y eso me gustó. Los tipejos de mi pueblo no eran así. Y los de Nueva York menos. Me dijo que era una vida difícil eso de no tener casa, pero que iba a tener toda la libertad que yo quisiera. En fin, qué quiere que le diga, me gustó la idea, además no tenía nada que perder. Al día siguiente nos encontramos en el aparcamiento donde habían dejado la camioneta de Lancelot y partimos. Evitábamos las ciudades y pasábamos la mayor parte del tiempo al aire libre, escalando montes y durmiendo en los bosques. Era fantástico. Lo de Manhattan había sido una excepción. Habían parado aquí porque Roberto tenía que firmar unos papeles. Nunca me dijeron de qué se trataba. Tampoco yo les pregunté. La verdad es que nunca les pregunté nada. Me bastaba con que el destino me los hubiera puesto delante y me hubieran salvado de vivir el resto de mi vida en esa peluquería de mala muerte donde trabajaba como un animal. Cuando nos colocábamos, salíamos a correr por los bosques y a veces cada uno partía por su lado; después nos buscábamos haciendo ruidos de animales, osos, lobos, pájaros. Qué tontería. No sé por qué le cuento esto.

Yo: ¿Con qué se colocaban?

Lucy: Ah, María, hachís, no más que eso.

Yo: Ya.

Lucy: ¿Sabe? Cuando Roberto me veía aparecer entre los árboles, me abrazaba y al oído me llamaba su Zhar-Ptitsa, que es un pájaro mágico de la mitología rusa que brilla y brilla, siempre, y que es a la vez bendición y condena para su captor. Eso decía Roberto, con esas mismas palabras. Un día, frente al fuego, me contaron cómo se habían conocido. Les emocionaba mucho recordarlo. Fue en South Western Arizona, en uno de los cañones del río Gorge. Una noche, mientras acampaba, Lancelot escuchó a lo lejos el ruido de alguien que golpeaba una roca. Había caminado un día completo desde la carretera donde estaba aparcada su camioneta y sabía que a muchas millas a la redonda no había nada, así es que tenía que ser otro hombre como él, ya sabe, un ermitaño. En la mañana salió a buscarlo. Lo encontró en la ribera del río, entre los árboles. Roberto llevaba ahí tres años, prácticamente sin contacto con el mundo, imagínese. Lo único que tenía era una carpa, una cocinilla, una cabra y una moto. Ah, y una huerta. Se hicieron amigos de inmediato y esa noche Lancelot trasladó sus cosas. Acamparon juntos seis meses. Roberto tenía una hija que sabía dónde estaba. A ella no le gustaba nada la vida que llevaba su padre, pero igual lo ayudaba. Tenían un lugar de contacto. Una lata de cerveza debajo de una piedra, a los pies de un árbol, a cinco millas de su campamento, en la carretera. Era una lata de Carlsberg, eso lo recuerdo bien porque era la única cerveza que tomaba Roberto. Él le dejaba la lista de cosas que necesitaba y su hija, unos días después, se las llevaba al mismo lugar. Gasolina, libros, herramientas. A veces, cuando Roberto llegaba a buscarlas, algún vagabundo las había robado y tenía que volver a pedírselas. La paciencia de esa chica, ¿eh? Un día, Lancelot lo invitó a continuar juntos el camino. Un camino a ninguna parte, como usted se puede imaginar. Pero en fin, fue así como llegaron a Manhattan. Y a mí. ¿Sabe? A veces doy gracias a Dios por ello y a veces lo maldigo. Pero qué tontería, me estoy yendo por las ramas, disculpe.

Yo: No, no, por favor, continúe.

Lucy: ¿Se sirve otra margarita? Tenemos que terminarnos esta jarra.

Yo: Por mí no hay problema.

Lucy: Al principio hacía el amor solo con Roberto, él era mi hombre, por decirlo de alguna manera. Lancelot se quedaba afuera, al lado del fuego, fumando como un condenado mientras nosotros follábamos en la carpa de Roberto hasta la madrugada. Una noche, Lancelot entró. Fue así. Cada uno me daba lo suyo a su manera, claro, y también entre ellos lo hacían. La verdad es que me gustaba. Era increíblemente excitante. ¡Oh, Dios! No sé por qué le cuento todo esto. Deben ser las margaritas.

Yo: Por mí no se preocupe, soy una tumba.

Lucy: Es que ha pasado tanto tiempo, y Anne desapareció... y temo por ella.

Yo: Por favor siga, tal vez todo esto nos conduzca a algo.

Lucy: ¿Usted cree?

Yo: Yo creo que sí, no sé, pero no perdemos nada. Sírvame otro vaso, por favor. Estas margaritas están de morirse.

Lucy: Bueno, así viajamos durante ocho meses. ¿Se da cuenta? ¡Ocho meses! Pero una mañana me desperté en la carpa de Roberto y estaba sola. Salí afuera y todo había desaparecido. La moto de Roberto, las cosas de Lancelot, la cocinilla, todo, todo. Solo yo y la carpa. Sola en medio de la nada. Me puse a gritar. «Fuck you, fuck you, fuck you», hasta que caí agotada. Entré de vuelta a la carpa y junto a mi saco de dormir había un sobre con cinco mil dólares y una nota de Roberto: «Para que vuelvas a empezar, Zhar-Ptitsa». Y eso fue lo que hice. Volví a Manhattan, busqué un lugar, este mismo, lo renté, lo arreglé e instalé la peluquería Paradiso.

Yo: ¿Y usted sospechaba que eso podía ocurrir? Que ellos la dejaran, digo.

Lucy: No, para nada. Aunque la verdad es que el último tiempo habíamos tenido algunos problemas. Lancelot y Roberto discutían por cualquier cosa. A veces uno de ellos desaparecía por un día completo y volvía al día siguiente drogado o borracho. ¿Sabe? Ellos nunca supieron que estaba embarazada de Anne. Yo lo intuí la misma noche en que pasó. Una sabe esas cosas. Pero no quería decirles nada hasta estar segura.

Yo: ¿Nunca trató de ubicarlos?

Lucy: Lo pensé, pero además de sus nombres, Lancelot y Roberto, no sabía nada más de ellos. Vivían fuera del sistema. Habían pasado años ocultándose, quizás incluso usaban nombres falsos. ¿Cómo los iba a encontrar? Era imposible.

Yo: ¿Y le habló de ellos alguna vez a Anne?

Lucy: No. No de forma directa, al menos. Sí le dije que alguna vez tuve un par de amigos que vivían en la intemperie y que por años el único contacto que uno de ellos tuvo con el mundo fue su hija. Eso a Anne le impresionó mucho. Siempre me pedía que le contara cómo ellos se conocieron en el río Gorge y cómo nos topamos en el Central Park. Anne decía que esos encuentros eran el resultado de algo que ella llamaba serendipity. Nunca entendí lo que significa esa palabra, pero en fin. Eso es todo. Nunca le sugerí que alguno de ellos pudiera ser su padre. Nunca.

Yo: ¿Y ella sabe que usted partió con ellos?

Lucy: Sí, le conté que acampé con ellos cerca de Long Island unos días, pero que eso no era lo mío, mucha mugre, mucho frío, ya sabe.

Yo: Espere, espere, ¿dónde está el librito azul?

Lucy: Aquí, ¿por qué?

Yo: Hay algo que necesito ver ahora mismo.

Doris

—DG, ¿te importa que pasemos unos minutos por el taller de un amigo pintor? Organizó una pequeña recepción para mostrar sus cuadros a un galerista que viene de Los Ángeles —Aline apoya una mano en su hombro y se calza un zapato con el cigarrillo sujeto a un costado de la boca.

—¿Y Mrs Odler, de quien me hablaste con tanto entusiasmo?

—Mrs Odler puede esperar —dice, arrastrando la mano en el aire con un mohín de indiferencia, para expresar acaso los mimos de los cuales es objeto por parte de la *société* neoyorkina, y por consiguiente, las licencias que puede tomarse.

—Lo tienes decidido, entonces.

—Pues sí.

Aline la rodea con los brazos, acaricia su rostro y luego alisa su cabello hacia atrás. Su gesto es tan exquisito que se sabe incapaz de resistirse a sus caprichos.

—Eres imposible —le dice, y Aline suelta una carcajada. La primera desde que volvieron a encontrarse la noche anterior. Ni siquiera la había visto sonreír.

Es un único cuarto de muros descascarados en un edificio situado en la ribera del río Hudson, a la altura de Brooklyn, donde el artista pareciera dormir, fornicar y pintar. Un par de ventanas de guillotina dejan entrever el ocaso sobre el Hudson. Un despliegue de formas y colores que resultan bastante más conmovedores que la tríada de cuadros de hombres y mujeres semidesnudos sobre un fondo marítimo que cuelga de las paredes. Abajo, entre el edificio y el río, hay un basural. El cuarto huele a leche agria, a sexo y a aceite de trementina. En un rincón, una cama deshecha alberga a un chico y a una chica que fuman apoyados contra la pared. Un grupo de jóvenes conversa de pie en el centro del cuarto. Doris reconoce a algunos. Vástagos, como ella misma, de familias connotadas. Un tipo con un chal de lana enrollado al cuello de forma calculadamente casual, sin decir nada ni hacer nada más que estar sentado en una banqueta con una expresión hosca fumando una pipa, anuncia a gritos que es «el artista». Aline trae a Doris cogida de la mano y no la suelta mientras la introduce al resto de los comensales, quienes la miran con curiosidad, la agasajan y la atienden como si se tratara de una celebridad. Le sientan bien esos gestos de solicitud. *He visto un verdadero examen de conciencia y no hallo en mí sino una culpa: haber creído, a base de la coquetería que tú tienes con casi todos, que había en ti algo parecido al cariño por mí y haber obrado en consecuencia con eso. Debiste tú haberme dado una rehúsa neta e inmediata. No hubo nada parecido a eso.* Alguien cuenta la historia de una tal Laura —a quien todos conocen— que se subió a un barco en la bahía de Nueva York siguiendo a un marinero portugués. En altamar descubrió que el marinero, de quien se sentía tan enamorada, llevaba a su mujer y a un hijo ocultos en la bodega.

—Era el momento perfecto para que Laura se arrojara al mar —dice Aline—, la vida le daba una oportunidad única de hacer algo significativo.

Aspira una bocanada de su cigarrillo y alza la barbilla para expeler el humo. Todos miran al suelo, desconcertados ante sus palabras. Ella continúa:

—Yo me habría arrojado frente a la costa de Amalfi. Con un vestido color hueso, por supuesto.

—Laura está perfectamente bien con su familia —dice una chica que juega nerviosa con su collar de perlas.

—Qué desperdicio... —zanja Aline, como si toda la historia, dado su insípido final, fuera una pérdida de tiempo. Da media vuelta y alza los ojos en busca de una audiencia más fresca y más fértil.

Doris siente un súbito y hondo malestar. Hay una botella de cognac sobre una mesa manchada de pintura. Coge un vaso y se sirve un chorro. Nada ha cambiado aquí, en este universo que creía haber abandonado para siempre. Las mismas sinuosidades, los mismos histrionismos sin fondo, los mismos ojos buscando la aprobación de otros ojos. *Tú no me conoces todavía bien, mi amor. Tú ignoras la profundidad de mi vínculo contigo. Dame tiempo, dámelo, para hacerte un poco feliz.* Las palabras de Gabriela se construyen y deconstruyen en su memoria. Piensa que los hechos y las palabras suelen ir en direcciones opuestas. Las palabras son como insectos con alas que se posan sin peso ni cimientos, mientras que los hechos permanecen pegados a la tierra, ensuciándose de tierra y polvo. Se aposta contra la ventana. Quiere perderse en ese pedazo de cielo donde empieza a asomarse la luna helada. Recuerda esas noches en Moss Lots, cuando la casa rebosaba de luces y los criados corrían de un lado a otro atendiendo a los invitados de sus padres, jóvenes todos, como ellos ahora. Doris salía a la terraza, bajaba las escaleras y caminaba por la carretera que lindaba con la casa, bajo una luna que parecía licuarlo todo con su frialdad. En esas escapadas intentaba capturar aquello que durante el día era demasiado evidente para ser visto, como las piedras cuarteadas del camino, la forma en que el follaje de los árboles se quebraba con el viento, y el aire, que de día estaba ahí, invisible, y que por la noche se volvía espeso de humedad y rozaba sus mejillas como una bestia. Ya entonces sabía que tenía que salir si quería salvarse. ¿Lo hizo? ¿Se salvó? Recuerda un día en que su padre, en la misma sala donde había intentado darse un tiro en la sien, las reunió a todas: a las tres hermanas y a su madre. Su padre se las había arreglado para que ninguno de los criados estuviera en casa. Había sido un día largo y salvaje, ellas correteando por el parque, hambreadas, sin nadie que les diera de comer, su madre encerrada en su cuarto en pijama, y su padre en el muelle arreglando el desperfecto de alguno de sus yates sin levantar cabeza, con un ensimismamiento que ni siquiera le dejaba espacio para espantar a los mosquitos que, ante su pasividad, devoraban sus brazos y su cuello sin conmiseración. Cuando se puso el sol, su padre tocó la campana, aquella que pregonaba asuntos felices. Pero esta vez su sonido era duro, seco. Y luego estaban todos reunidos en la sala. Su madre llevaba puesta la capa de descontento que ni el maquillaje más cuidado lograba ya ocultar. Su padre, borracho —¿en qué minuto se había puesto así?—, lloraba. Con la pistola en la mano, las amenazaba con matarlas si osaban moverse. Ni siquiera cedió cuando su hermana menor, vencida por el miedo y el cansancio, se largó a vomitar.

Al otro lado de la ventana resuenan las aguas oscuras del río, asentadas en su fondo. Luces blancas perfilan los barcos como si llevaran un velo. Hace rato que el galerista de Los Ángeles debería estar aquí. El artista, envuelto en su chalina y echando humo por la pipa, saca de un empujón a la parejita del camastro y se arroja allí irritado. Algunos chicos se sientan a su lado a consolarlo. «Debes tener paciencia, ya sabes cómo son los galeristas», le dicen. Aline la coge de la mano y así, junto a un grupo de jóvenes, dejan el estudio y al artista despechado. Se marchan en dos autos. En el descapotable de Aline se sube la pareja que se besuqueaba en la cama. Ella es menuda, viste como los maniquíes de las vitrinas y tiene los labios en forma de rosa. Él, en cambio, es alto, tiene un aire pendenciero, gastado, mejillas estropeadas por la viruela y lleva un overol de plomero o albañil, aunque es probable, por sus rizos tan bien acicalados, que se trate del hijo descarriado de alguna familia pudiente. Levantan la capota y encienden cigarrillos. Aline arranca. Tras ellos, sus risas se derraman como tachuelas en la calle empedrada. Esto es tal vez lo que más adora de Nueva York, una vida que no es de nadie y es de todos, una vida que se vierte en la calle como el agua servida de un desagüe.

Es muy raro eso de ser feliz, niñita mía. La dicha se quiebra por el cansancio —el tedio—, o por el mero tiempo. Pero yo sé que te quiero desde que te vi hasta hoy con el mismo encantamiento anterior y con una curiosa sensación de que hemos vivido juntas mucho tiempo, mucho antes.

Al cabo de unas vueltas, recalan en el salón de Mrs Odler.

Margarita

—Lo que nosotras necesitamos es algo más para tomar. Espéreme un minuto que ya vuelvo —señala Lucy, al tiempo que desaparece, con la jarra vacía, por la puerta que da al pasillo.

Cuando miro hacia arriba, me doy cuenta de que nuestro cuadrado de cielo se ha vuelto negro, un negro sólido, sin fisuras, un negro de papel lustre. Mientras Lucy hablaba, Jorge me envió cinco WhatsApp y me llamó cuatro veces. Las cuatro veces le corté. Le escribo un mensaje explicándole que aún no he resuelto el asunto que me tiene ocupada. «¿Qué asunto, Margo, qué asunto, me puedes explicar, por favor?», me responde al segundo. Abro el librito azul. Lo que busco está en el capítulo llamado «South Western Deserts as a Place to Hide/Squatting», que comienza en la página 89. En este capítulo su autor cuenta exactamente la misma historia que Lucy me ha narrado. Una noche, el presunto autor del libro acampaba al borde del río Gorge, a kilómetros de distancia de cualquier vestigio humano, cuando escuchó a alguien golpeando un metal contra una piedra. Por la mañana salió en su búsqueda. Recibo otro mensaje de Jorge. «Margo, hoy es tu cumpleaños, lo siento, de verdad lo siento, es que en la facultad han pasado tantas cosas.» Tantas cosas, repito en silencio. Los muros de los edificios emiten reflejos cálidos. ¿Qué cosas?

Cuando Lucy está de vuelta con unas cuantas latas de cerveza, le leo el pasaje del librito azul. Se lleva ambas manos a la boca.

—¡Dios mío! Es así como Lancelot y Roberto se encontraron.

—Como ellos le contaron que se habían encontrado.

—¿Usted cree que me mintieron?

—No sé. Todo es posible, Lucy. Buscando en google encontré a un tal Fredric L. Roof que se adjudica la autoría del libro, pero ya ve, esta edición que tenemos ni siquiera lo menciona.

Tomo mi celular y busco su nombre en google para enseñárselo. Además de la presentación que hace de sí mismo como un viejo ex hippie, caminante y aventurero, puntualiza que ahora es un respetado ingeniero que trabaja reparando infraestructura de transportes a lo largo de Estados Unidos. También aparece su foto. Está sentado en una roca con un casco amarillo junto a un par de bultos que podrían ser un saco de dormir y una carpa. Tiene la apariencia del perfecto campista norteamericano: mirada directa, mandíbula ancha, y una de esas sonrisas que enfrentan la vida con confianza y un dejo de enervante beatitud. Se la muestro a Lucy. La mira durante algunos segundos.

—Vaya, no sé, han pasado tantos años. Podría ser. Tiene su estampa, sus colores. Sí, podría ser Lancelot.

—Lucy, ¿y si esa L entre Fredric y Roof estuviera ahí por Lancelot?

—No es imposible, no señora —abre una lata de cerveza y me la alcanza.

—Usted le contó a Anne del encuentro entre Roberto y Lancelot, y ella tiene que haber leído estas páginas. Como le dije, la semana antes de desaparecer, Lucy estaba enfrascada en este libro. ¿Cree que ambas cosas puedan tener alguna conexión?

Lucy no responde. Nos quedamos largo rato en silencio. En el cielo negro ha aparecido una miríada de nubes que viaja a una velocidad sorprendente. Es probable que pronto esté despejado. Eso espero. Me gustaría ver aparecer algunas estrellas. «Son las diez de la noche, ¿estás bien, Margo? Contéstame, por favor.» Aprovecho el silencio de Lucy para responderle: «Por supuesto, sweet heart, todo bien, quédate tranquilo». Es la primera vez en treinta años que Jorge no sabe dónde estoy. Espero con estas palabras acallar su ansiedad. No he abandonado aún mis intenciones de ser una buena persona.

Elizabeth

Amiga Kristina,

Compré papel de arroz, tinta negra y una pluma, y estuve toda la mañana practicando caligrafía mientras los periquitos chillaban en su jaula. Es increíble cómo, al dibujarlas, las letras adquieren una cualidad particular, como si estuvieran vestidas de algo más que de sí mismas. Una vez que hube adquirido cierta destreza, copié mi poema que contiene la palabra «deslumbramiento». Es un poema de amor. Y por la tarde, cuando Leonard dormía en nuestro cuarto, lo introduje en el bolsillo de su chaqueta. Amo esa chaqueta de paño azul, la única que tiene, con las carteras de los bolsillos abiertas de tanto meter y sacar las manos. Ahora, mientras te escribo, mi querida amiga, imagino la alegría que sentirá cuando encuentre mi poema en su bolsillo.

P. D. Anoche soñé que Leonard se follaba a mi madre. No quieres saber lo que fue eso.

Amiga Kristina,

Te escribo en nuestro cuarto, donde aguardo a Leonard. Fumo un cigarrillo y leo el diario de Virginia Woolf. *Le doy forma a una o dos páginas y me detengo. Lo cierto es que estoy enfrentándome a ciertas dificultades. La fama para empezar.* Orlando *ha sido un éxito. Ahora podría seguir escribiendo de esa forma. La gente dice que es tan espontáneo, tan natural. Y a mí me gustaría guardar esas cualidades si pudiera no perder las otras. Pero esas cualidades fueron en gran parte el resultado de haber desconocido las otras.*

El tiempo ha pasado desde que V. W. escribió *Orlando*. Ella ya no es la misma, y todo aquello que fue espontáneo en la escritura de esa novela ahora está empapado de conocimientos que no puede ni quiere ignorar, pero que a la vez teme maten lo que tenía. A veces siento algo parecido. Mientras más atiendo las indicaciones de Leonard, mis versos se vuelven más precisos, pero también pierden lo que los hacía míos. La noche comienza a echarse en la ventana y Leonard aún no llega. Continúo leyendo, pero las palabras pasan sobre mi cabeza sin asentarse. Ya son las ocho de la noche. Es imposible que Leonard olvidara nuestra cita, tan imposible como que de pronto todas las bombillas de Nueva York estallen al unísono. Transcurre el tiempo. Una hora, dos. Por momentos pienso que todo esto lo he imaginado,

Leonard, el cuarto, el poema de Eliot, de la misma forma que he imaginado a Kristina. Ya ni siquiera logro engañarme a mí misma. Hubiese querido tener cerca a alguien como ella. La paciente amiga que recibe mis cartas y luego las quema, no existe. Solo somos nosotros. El papel y yo.

Me desnudo y me recuesto en la cama. Sé que Leonard va a aparecer en cualquier momento y me rescatará de esta deriva. *Vayámonos entonces, tú y yo, / cuando la tarde se extienda contra el cielo.* La mujer que limpia los cuartos ha tocado la puerta varias veces. Yo le he dicho, sin abrir, que todo está bien. Me tomé unas pastillas de Adalina. Se las robé a Madre antes de partir. No estoy segura de qué pensaba entonces, tal vez sabía que las necesitaría. Como las necesito ahora para aguardar a Leonard. *A través de ciertas calles semidesiertas, refugios murmurantes...* El sueño me coge y me lleva, y luego me trae de vuelta. Los colores se apagan. Mi cuerpo, atesado por el frío, se pliega. Poco a poco, todo va perdiendo importancia, lo que sucedió y lo que está por suceder. *Vayámonos, tú y yo, vayámonos tú y yo, tú y yo...* Recuerdo la tarde en que vi a una de las hermanas Dana. Se veía tan alegre, tan entera. Imagino que viene a salvarme.

Las horas pasan con una lentitud exasperante. Desciendo a un fondo oscuro, como uno de esos espirales que dibujaba de niña, cada vez más ajeno, cada vez más insondable. La vigilia y el sueño se suceden, las imágenes se repiten, una y otra, un tiovivo que da vueltas en mi cabeza, hasta que vuelo por los aires como una muñeca de trapo. Y entonces ocurre. Las bombillas de Nueva York estallan y sueltan sus chispas desfallecientes.

Margarita

—Hay algo que no le he contado —dice Lucy.

Se demora unos segundos en continuar. La miro expectante.

—Hace un par de años me encontré con Roberto por casualidad.

—¿Dónde?

—Aquí, en Manhattan. No sé si le mencioné que Roberto era mayor que nosotros. Yo tenía veinte, Lancelot veintiséis y Roberto le llevaba por lo menos diez años.

—Me lo imaginé, por lo de la hija.

—Fue unos días antes de la Navidad de 2014. Pasé a buscar a Anne para invitarla a un café en nuestro lugar acostumbrado.

Jorge continúa enviándome WhatsApp. «En los años treinta, cuando la mecánica cuántica apenas se conocía, Schrödinger encontró algo sorprendente que quiero contarte, ¿me prometes que lo leerás?» «Sí», respondo escueta al tiempo que escucho a Lucy.

—Y él estaba ahí, sentado a una mesa, con una hija y sus dos nietos ya adolescentes. No me cupo duda de que era él. La mujer tenía al menos veinte años más que Anne, pero su parecido con ella era

123

impresionante. Incluso en su obesidad. Tenía la misma piel mate, los ojos negros, y ese mismo gesto de «a mí me importa todo un comino», que usted habrá visto.

«Schrödinger descubrió que las partículas cuánticas que han estado en contacto pueden mantenerse conectadas incluso cuando están separadas por largas distancias.»

—Los dos chicos —continúa Lucy— reían y le mostraban algo a Roberto en una pantalla, mientras su hija miraba el celular. Roberto era un hombre maduro, ya sabe, el pelo cano, la piel manchada, abrigo y traje, todo muy pero muy elegante. Lo opuesto al hombre que yo había conocido. Claro, yo también había cambiado, kilos, arrugas, pero igual nos reconocimos. Él me saludó y se acercó a nuestra mesa.

«El hecho de que las partículas hayan interactuado alguna vez mantiene su conexión para siempre.»

—Estábamos nerviosos, no se imagina lo nerviosos que estábamos. Yo creo que ninguno de los dos quería recordar, ni menos que nuestras hijas supieran de nuestros años locos. Me preguntó si vivía en Manhattan. Él estaba de paso, visitando a su familia. Yo le dije que tenía una peluquería en el vecindario.

«¿Te acuerdas de ese físico argentino, Juan Maldacena? Lo conocimos una vez que vino a dar una charla aquí a Columbia. Es un reaccionario, pero tiene un par de buenas ideas.»

—Recuerdo que Roberto sonrió satisfecho. Debía saber que habían sido esos cinco mil dólares que él y Lancelot me dejaron los que me dieron la oportunidad de tener mi local propio. Todos sus gestos eran cuidadísimos, parecía uno de esos tipos ricos de las películas, banqueros, hombres de negocio, ya sabe. Le extendió la mano a Anne. «Muy buenas tardes, señorita, mi nombre es Roberto. ¿Y el suyo?» Se miraron de frente.

«Maldacena va aún más lejos, propone que dos partículas que han estado en contacto, no solo están conectadas, como propuso Schrödinger, sino que siempre están cerca. Lo que propone, en suma, es una concepción nueva de la distancia.»

—Creo que nunca había sentido tanto miedo, Margarita, nunca, nunca. Roberto y Anne no dejaban de mirarse. Todo duró un par de minutos. Roberto pagó la cuenta y partieron. No había perdido su forma de andar, así, tan varonil. Sí, ya sé, todavía me gustaba.

Si alguien hubiera ideado lo que está ocurriendo en este preciso instante, resultaría inverosímil y, sin embargo, está sucediendo. Jorge me habla a mí, pero a la vez le habla a Lucy de Roberto y de Anne.

—Fue entonces que usted lo supo, ¿verdad? —señalo.

—Sí. No me cupo duda de que Roberto era el padre de Anne. Cuando se fueron, Anne me acribilló a preguntas. Quién era ese hombre, por qué nos habíamos puesto tan nerviosos, por qué él la había mirado así. «¿Quién es, quién es?», terminó preguntándome casi a gritos. Le conté que se llamaba Roberto y que era uno de los amigos con que me había encontrado en el Central Park. Los protagonistas de las dos historias a las que ella les había puesto ese nombre tan raro, como de insecto: serendipity.

—Está clarísimo, Lucy.

—¿Qué?

—Anne salió en busca de Fredric Lancelot Roof para encontrar a su padre. Él es su única pista.

En la página de Lancelot hay un link de contacto, un lugar en California llamado Crystal Lake Campground. Le escribo. Lancelot tendrá que contestar. O ahora o mañana, pero contestará. De eso estoy segura. También de que Anne está con él. Intuyo además que Lucy, sin saberlo, lo sabía. Y lo que hemos hecho es ir juntas a tirar del hilo. A veces todo lo que necesitamos es que alguien nos acompañe a la cueva para no tener que entrar solos en su verdad.

«Lo que quiero decirte, Margo, en mi estilo de huevón torpe, es que yo te quiero y estoy contigo.»

Elizabeth

Leonard entra al cuarto y se sienta al borde de la cama. Escucho su voz. ¿Qué hiciste, Elizabeth? Habla con la dureza del carbón. Lo miro y su rostro me devuelve la expresión de un extraño.

Dice que su mujer encontró el poema que yo le escribí en el papel de arroz, ¿su mujer?, el poema que contenía la palabra «deslumbrante» y que hablaba de amor. *Vayámonos entonces, tú y yo...* Ella planchaba su única chaqueta para que él pudiera lucir como el hombre decente que ella cree que es, y lo encontró.

Soy yo, mírame, Elizabeth, tu amor, le digo apenas. Él sigue hablando. Ahora su matrimonio, ¿su matrimonio?, está deshecho, su mujer llora y lo acusa de adúltero. Ha llegado su suegro para llevársela. Él les ha suplicado que le den otra oportunidad. Intento descifrar sus palabras, entender lo que me está diciendo, no hay lógica en ellas. *Vayámonos entonces, tú y yo, / cuando la tarde se extienda contra el cielo...*

De pronto una certeza se instala en mi corazón: no es a mí a quien Leonard ha visto ni amado, sino al reflejo que veía de sí mismo en mis ojos. No alcanzo a preguntarme si es esa la naturaleza del amor, porque un hombre con sombrero de copa y una cuerda entre las manos aparece en la puerta del cuarto. Viste con una ajada elegancia, como si hubiera estado a la intemperie mucho tiempo. Creo reconocerlo, pero luego sus facciones se confunden con otras, y podría ser cualquiera. Cualquiera o nadie. Tiene una pequeña mancha en la mejilla derecha, es la mota de un leopardo. *Vayámonos, a través de ciertas calles semidesiertas...* Sé, por su mirada resuelta, que viene a buscarme. Quiere encerrarme. Otros hombres se le han unido, hombres también de sombrero y manchas de leopardo que me llevarán a una tumba. Grito. *Un paciente adormecido sobre una mesa por el éter...* Escucho la voz de Leonard. Continúa hablando de su mujer, de su matrimonio, de su suegro, mientras uno de los hombres coge mi mano y lleva mis dedos a la mancha de su mejilla. Es candente como la llama de una vela. Luego me ata de manos y de pies. Percibo que Leonard se levanta, me mira, y yo, desde la cama, lo miro. ¿Qué has hecho?, vuelve a preguntarme y, sin cerrar del todo la puerta, se va. Yo me llevo a la boca el resto del frasco de pastillas de Madre. *Vayámonos, a... noches inquietas... merenderos cubiertos de aserrín... hoteles de paso...* y me duermo.

Doris

La viuda le resulta de inmediato interesante. Sus ojos brillan con agudeza, y su afilado rostro refleja la sabiduría de aquellos que no necesitan grandes evidencias para reconocer la naturaleza de las personas. A pesar de su costoso vestido y los destellos que arroja el prendedor de diamantes que trae en el pecho, todo en ella desprende una genuina sencillez. Está sentada en un diván y cada vez que alguien se asoma por las puertas del salón, se levanta medio encorvada a darle la bienvenida, desplegando un aire casual y distraído. Luego vuelve a su sitio, pasándose las manos por el vestido como si fuera un delantal de cocina, a proseguir una discusión con un par de señores mayores junto a una de las chimeneas encendidas. Uno de los viejos lleva un pañuelo de seda roja atado en forma de flor en el ojal. Frente a ellos, el gran retrato modernista de un hombre cuya elegancia no logra ocultar su aspecto hosco, pareciera observarlos. Tal vez es el hombre de quien la viuda adquirió su actual estado. Mientras Aline se pasea de grupo en grupo saludando, Doris se les acerca. La viuda, sin dejar de escuchar a sus interlocutores, la invita a sentarse junto a ella y cruza su brazo con el suyo a modo de bienvenida.

—La belleza de una operación matemática radica en la cadencia con que devela su verdad, como en la poesía —puntualiza uno de los ancianos cuyo aspecto tiene reminiscencias de un viejo lobo de mar, grande, piel lisa y bigotes blancos que se mueven mientras habla.

—Se trata, si me permiten, de hacer la complejidad transparente —interviene el otro viejo.

—Disculpe —señala la viuda dirigiéndose a Doris—. Mr Cooper y Mr Brenson son matemáticos.

—Veo que ya se han conocido —interrumpe Aline con un aire inusualmente tímido.

—Aline, querida, no te vi entrar —dice la viuda—. Qué gusto me da verte.

—Ella es Doris Dana —la presenta Aline.

—Sé que usted es Doris Dana, y me hace muy feliz tenerla en mi salón —dice la viuda dirigiendo su mirada llana hacia ella—. Soy una gran admiradora de Gabriela Mistral. Entiendo que usted la conoce.

—Pues, sí, la conozco... —se aclara la garganta Doris.

—Algunos de sus poemas son desgarradores.

—Efectivamente —dice Doris.

La viuda recita un par de versos de Gabriela. Declama con gracia y emoción. Y por eso mismo, porque las palabras de Gabriela cobran vida en boca de Mrs Odler, Doris siente una necesidad imperiosa de tomarse un trago, de hacerse un pequeño corte en el interior de su muslo o de su antebrazo. Hace años que no le urgía perpetrar esos cortes que enmudecen su corazón. Aline, acaso consciente de su angustia, la coge de una mano. *Nunca supieron los seres que yo quise, que yo los quería entrañablemente. Pero es necesario que tú lo sepas. Esto me urge; es preciso que sepas, que comprendas y ¡que quieras vivir para mí! Por amor o por caridad, sábelo.*

—Si no les importa... —con un pequeño tirón la ayuda a alzarse.

Un corillo de chicos más jóvenes las aguarda en el otro extremo del salón. Entre ellos está la pareja que trajeron en el descapotable. Aline le presenta a los demás: Andrew, Matthew, Jessica, June, Leonore. Extienden la mano y luego permanecen mirando el suelo muy serios, como esperando que alguien eche a andar de vuelta la maquinaria del intercambio social, pero Aline, que siempre guarda en su garganta un arsenal de palabras superfluas que parecen, sin embargo, provenir de las más profundas cavilaciones, ya cuchichea algo en el oído de un chico de patillas y quijada de bandolero, y Doris se pregunta una vez más qué diablos hace ahí, siguiendo a Aline en su periplo incansable. Entonces lo ve. Es el doctor M. Cruza las puertas de la sala y se dirige a Mrs Odler con su paso elástico, seguro, y esa leve sonrisa de suficiencia que está segura despliega para ocultar los monstruos que lo asaltan al igual que al resto de los mortales. Cuando Aline le comentó que en los salones de Mrs Odler circulaban «los más selectos cerebros de Nueva York», no imaginó que entre ellos estaría el doctor M, en cuyo cerebro solo habita la teoría del complejo de castración que él supone padecen todas las mujeres. Podría acercársele, pero no sabría qué decirle. Nunca ha escuchado de él una palabra frívola y está segura de que, de caer de su boca por accidente, quedaría sepultada en su pulcra barba. Es la primera vez que lo ve fuera de la consulta. En sus sesiones apenas se miran las caras, ella echada en el diván con los ojos cerrados, y él, tras ella, escuchándola. Se desliza silenciosa hacia un rincón y en el camino se sirve de una botella de cristal cincelado una copa de quién sabe qué brebaje. La viuda se levanta con su espalda curvada y sus gestos sencillos a saludar al doctor M. Parecen conocerse bien porque charlan animadamente. De pronto lo ve todo tan claro. Es su oportunidad de humillarlo. No, no se trata de eso, tan solo de dejar en evidencia su condición de humano. Aline continúa charlando con el chico de las patillas. Se acerca a ellos y la toma de un brazo. No le resulta difícil explicarle sus intenciones, pertenecen al ámbito de accionar que Aline adora y donde se siente más a gusto. No le confiesa, sin embargo, que el doctor M es su analista. No sabe cuáles son los límites que Aline se autoimpone, y no va a correr riesgos. Solo le pide que lo seduzca. Tan solo eso. Y que llegue hasta donde pueda. Hasta donde le den el estómago y las ganas. Aline se acerca a la viuda y al doctor M con su paso altivo. Al instante están charlando y la viuda vuelve junto a los dos viejos matemáticos. Observa cómo Aline, con un gesto de descuido, levanta una pelusa del hombro del doctor M y luego le susurra algo al oído. El doctor M ríe, toma el codo de ella y avanzan juntos por el centro del salón. No hacen mala pareja. Comparten su forma natural de estar por sobre el resto de las almas. Atrapan al vuelo cada uno una copa y se dirigen a los ventanales que dan al gran balcón, donde las luces de una araña colgada sobre sus cabezas destacan los espléndidos rasgos de Aline. No imaginó que sería tan fácil. El doctor M ríe y despliega un arsenal de gestos que ha ocultado para ella. Hace, en suma, todo lo que haría un hombre ávido de ser escogido por una mujer como Aline. Resulta casi ridículo en su simpleza y banalidad. El doctor M reducido al estatus de un simple hombrecito. Pero ahora quisiera que se detuvieran. Ya ha visto suficiente. Teme lo que pueda llegar a sentir si continúan. *Anoche logré REALIZAR tu cara y te besé en ella, de pedazo a pedazo. ¡Qué estúpido ha sido el que más te quiere, Doris mía! ¡Perdóname, vida mía, perdóname! ¡No lo haré más! Y tú guardarás el control de ti, y haz fe en tu pobrecillo, que es un ser torpe, vehemente y envenenado por su complejo de inferioridad (el de la edad).* Pero a la vez, una parte de ella quiere que todo se haga añicos. Como cuando vio las manos de su padre puestas en el trasero de la chica de la escuela y se largó a gritar con tanta fuerza que su madre y las criadas aparecieron apenas unos segundos después de que él terminara de abrocharse los pantalones y la chica de bajarse la falda. Esos gritos que desataron el derrumbe y que ella hubiese podido detener si no hubiera sucumbido a su necesidad de destruir. Porque ella sabía. A pesar de su corta edad, sabía que tenía dos opciones: cerrar la puerta y continuar la vida en la paz de un espejismo, o largarse a gritar y destruirlo todo.

Es probable que se haya quedado dormida algunos minutos. En el salón, unas cuantas parejas bailan al son de una música suave que emerge de un gramófono. Entre ellos divisa a Aline y al doctor M. Pero esta vez no va a gritar. Se retirará en silencio, cogerá un taxi y se internará en el Monstruo Helado.

Tú hallarás en mí un ser que no te va a pedir nada. Tú harás lo que quieras, tendrás la libertad absoluta que tú amas tanto, yo no te pediré nada. Yo te miraré vivir y cuidaré de tu salud. Me bastará con verte en este cuarto vacío, con que oigamos juntos el canto desaforado de los pájaros (centenares en el parque). Yo te veré vivir y esto me bastará.

Tu Gabriela

Margarita

Salgo a la calle después de despedirme de Lucy. Al principio tambaleo un poco. Deben ser las margaritas y las cervezas. Pero al tiempo que avanzo en la oscuridad, una lucidez deslumbrante se apodera de mí.

Es la primera vez que camino tarde por la noche en esta ciudad y no siento miedo. No me sorprende. Nunca he sido cobarde.

Cae un WhatsApp de Jorge. «Margo, Margarita, vida mía, dime algo por favor.» Un taxi amarillo se detiene en la luz roja. Lleva una bandera de Jamaica flameando en la ventanilla. El chofer alza la mano y me sonríe, como si aquella bandera lo volviera ciudadano ilustre, el amigo de todos los paseantes, el guardián de esta noche y de las que vendrán. Sonrío, y en un gesto mecánico e inútil aprieto la cartera contra mi pecho. Por un segundo siento pánico, pero no del hombre que ahora arranca con su bandera rumbo al centro de la ciudad, sino de la posibilidad de haber dejado olvidado el librito azul en casa de Lucy. Detenida en medio de la vereda hurgo dentro de mi cartera hasta que lo tengo en mis manos. Ahora sé que, contenidas en sus preciosas páginas, hay cientos de maneras de desaparecer. Honrada sea Jenny Holzer y su frase donde esta mañana puse el culo.

Fin

Selections from Truisms (Abuse of Power Comes). Banqueta de Jenny Holzer en Barnard College. Fotografía de la autora.

Procedencia de las obras citadas

Textos de Jenny Holzer, artista estadounidense, en páginas 10, 11, 13, 15, 34, 39, 44, 51, 66, 69, 85, 94.

Cartas de Gabriela Mistral a Doris Dana en páginas 18, 21, 25-26, 27, 95, 98, 100, 110-111, 112, 114, 131, 133, 134. Extraídas de *Niña errante. Cartas a Doris Dana,* Lumen, 2009.

Extracto de «La canción de amor de J. Alfred Prufrock», T. S. Eliot, páginas 78, 80, 121, 127, 128 (traducción de Carla Guelfenbein).

Extracto del diario de Virginia Woolf, entrada del miércoles 28 de noviembre de 1928, en *A Writer's Diary. Events recorded from 1918-1941.* Publicado por Musaicum Books (traducción de Carla Guelfenbein), en página 120.

Agradecimientos

A Melanie Jösch por su inmediato e inquebrantable entusiasmo. A Isabel Siklodi por su aguda lectura. A Ricardo Brodsky por contarme de aquel primer encuentro entre Gabriela Mistral y Doris Dana en Barnard College. A Manena Wood por mostrarme generosamente su documental *Mujeres errantes*. Al «Monstruo helado» que me reveló una porción de su alma. A Jenny Holzer por inspirarme y permitirnos citar sus textos.

Este libro se terminó
de imprimir en
Sabadell, Barcelona,
en el mes de
abril de 2019